鬼《おに》呼《よび》の庭

お紗代夢幻草紙

三好昌子

PHP
文芸文庫

○本表紙デザイン＋ロゴ＝川上成夫

―お紗代夢幻草紙―

鬼呼《おによび》の庭

目次

其の一

韓《から》藍《あい》の庭

――きっきり舞《も》うよ、きっきり舞うてこう――

子供等《ら》は鬼を囃《はや》したてながら、散り散りに逃げて行く……。

二条通《にじょうどおり》にある薬師堂《やくしどう》の境内《けいだい》は、町内の子供たちの遊び場だった。その境内の片隅に、一人で独楽《こま》を回す少年がいた。年の頃は、七つのお紗代《さよ》よりも二つ三つほど上に見える。無心に独楽を操《あやつ》るその姿は、楽しんでいるというよりも何やら怒っているようで、お紗代の方が、泣きたくなったのだ。


庭師「室藤《むろふじ》」が、薬種問屋《やくしゅどんや》「丁子屋《ちょうじや》」の庭普請《にわぶしん》の依頼を受けたのは、明和《めいわ》五年(一七六八年)、八月二十三日のことであった。

ひと月ほど前、京の町は暴風雨に見舞われた。古木《こぼく》や大木が倒れ、民家ばかりか、由緒《ゆいしょ》のある神社や寺などの、屋根や棟《むね》も被害に遭《あ》った。

そのため、京の大工《だいく》や庭師の許《もと》には、普請依頼が次々に舞い込んでいた。皆、年が終わるまでには、庭も家も直して新年を迎えたいと思う。それに、そろそろ庭木は秋の手入れの時期だった。木によっては、古っ葉引きや肥料やり、剪定《せんてい》が必要なものもある。それをしなければ、美しい庭は保てない。

「丁子屋」は、同じ庭師の「空木屋《うつぎや》」の得意先だった。仕事の多さにどうにも手が回らなくなった「空木屋」が、「室藤」に頼み込んで来たのだ。

日頃は互いに張り合っていても、こうも多忙になると、どうしても他の庭師の力を借りなければならなくなる。

「室藤」の棟梁《とうりょう》、藤次郎《とうじろう》は、いざという時は職人同士助け合うのが本分《ほんぶん》だとばかり、「丁子屋」の仕事を引き受けることにした。藤次郎は、お紗代の父親であった。

「『室藤』の客やないが、『空木屋』はんが、うちを信用して頼んで来はったんや。一度きりやいうて、手を抜くんやないで」

「それは、承知してます」

棟梁の言葉に、一番弟子の清造《せいぞう》がどこか不満気な顔で頷《うなず》いた。日に焼けた精悍《せいかん》な顔にも、さすがに疲れの色が見える。

「せやけど、丁子屋の仕事は、二条新町《しんちょう》の本宅やのうて、賀茂《かも》川沿いの下鴨《しもがも》村の寮やて聞いてます。あそこは去年の八月にも、旋風《つむじかぜ》の被害に遭《お》うた所や。そう簡単に終わる仕事やあらしまへん」

賀茂川と高野《たかの》川が合流して鴨川となる。その間には、古くから賀茂御祖《かもみおや》神社の壮大な社殿《しゃでん》と御神木《ごしんぼく》の森が鎮座《ちんざ》していた。賀茂川の対岸の洛中《らくちゅう》は、川に沿ってお土《ど》居《い》が走り、数多くの寺が連なっている。その南の端にある本満寺《ほんまんじ》と町屋《まちや》の間を遮《さえぎ》るようにして東西に街道が走り、賀茂川を渡る橋が架《か》かっていた。

丁子屋の寮は、その橋を渡った所にあった。

「普段、使《つこ》うてへんのやったら、急いで普請せんかてええんと違いますか？」

「丁子屋はんにも、なんぞ事情があるんやろ。去年の大風《おおかぜ》で庭木が何本か倒れた時も、すぐに空木屋に依頼が来たそうや」

何があろうと、得意先から呼ばれればすぐに飛んで行くのが庭を任されているもんの役割や、と、藤次郎は宥《なだ》めるように清造に言った。

「それができひんさかいに、空木屋もうちを頼って来たんや。丁子屋はんも、仕事を急いで貰《もら》いたい言《ゆ》うて、近隣の農家を借りてくれた。食事も用意してくれはるし、寝泊りもできる。とにかく、五日ほどで終えて欲しいそうや」

室藤では、他にも仕事を請け負っていた。丁子屋に回せる職人は、一番弟子の清造の他に二人が精一杯だ。

「孝太《こうた》と庄吉《しょうきち》、お前たちが行け」

藤次郎は二人の方へ顔を向けた。弟子入りしてから、孝太は三年、庄吉もそろそろ二年が経つ。清造に仕切らせればなんとかなると、藤次郎は考えたのだ。

藤次郎は、今年、十八歳になる娘のお紗代に視線を移してこう言った。

「他所《よそ》さんで世話になるんや。女手もあった方がええ。お前も行ってくれるか」

翌朝、丁子屋の寮の前で、室藤の一行を迎えたのは四十代半ばの女であった。

「この家を任されてる、お時《とき》てもんどす」

近隣の農家の嫁で、以前は丁子屋で奉公していたこともある。その縁で寮を預かっているのだ、とお時は言った。

お時は、「ほな、さっそく」と懐《ふところ》から鍵を取り出し、檜皮葺《ひわだぶき》の門に掛かっている大きな錠前を、ガチャガチャと外し始めた。

「辺鄙《へんぴ》な所やさかい、戸じまりには気をつけてますのや」

待っている間、お紗代は周りを見渡した。

対岸の洛中側には町屋があり、その向こうには、禁裏《きんり》の下《しも》屋敷や公家《くげ》衆の屋敷の屋根瓦が、どこか神々しい光を放っていた。東山《ひがしやま》連山の際《きわ》から差し込んで来た朝日が、丁度、禁裏の辺りを照らしている。西の空には、下弦《かげん》の月がほの白く張り付いていた。

屋敷の周りは金色の稲田だった。先だっての暴風雨で倒された稲が、ひと束ずつ起こされて、幼い子供の髷《まげ》のように束ねられている。

いつもは遠くに望む比叡山《ひえいざん》も、今は間近にあった。もっと日が高くなれば、黄色や朱に染まる山肌がはっきり見えるだろう。

お紗代は、皆の後から門を潜《くぐ》った。入ってすぐに、見事な高野槇《こうやまき》が目に入った。一丈（約三メートル）ほどもあろうか。年中、濃い緑色をしたこの木は、あまり手を入れずとも美しい姿を保つ。かなりの高木に育つので、こぢんまりとした町屋の庭には植えられない。

南に向いた門を入れれば、玄関前で、この高野槇と金木犀《きんもくせい》が皆を出迎えてくれた。どちらも日当たりの良い広い場所を好む。

金木犀も丈《たけ》は高かったが、昨年の旋風の影響なのか、花付きがまばらだった。それでも、蜜柑色《みかんいろ》の小さな花々は健気《けなげ》に芳香を放っている。

玄関前を東側に回れば、中庭が現れた。清造がため息をつくのが分かった。孝太も庄吉も目を瞠《みは》っている。

およそ三百坪はあろうか。幹を左や右に曲げて仕立てた曲幹や、片方に傾けた斜幹の赤松、大岩を配した前栽《せんざい》の傍らの、玉仕立てにした伽羅木《きゃらぼく》、周囲を檜葉《ひば》の生垣が囲み、それらの常緑樹の中に、楓《かえで》や紅葉《もみじ》が鮮やかな彩りを添えていた。

花木は椿や山茶花《さざんか》、春には、垂れ下がった枝一杯に黄色の小花を付ける連翹《れんぎょう》、それに雪柳《ゆきやなぎ》などだ。おそらく冬には、雪景色の中、寒牡丹《かんぼたん》の花が咲くのだろう。

視線を遠くへやれば、賀茂御祖神社の糺《ただす》の森があり、その向こうには東山の峰々が望め、借景《しゃっけい》となっている。

「先々代の松之助《まつのすけ》はんが、この寮を建てはりました。庭の造作《ぞうさ》は空木屋はんどす」

「空木屋」は枯山水を得意としていた。

形の良い岩や石で自然の山野を、また水や川を小石で表す。先々代の望み通りに、空木屋が丹精して来た庭が、今はまれに見る暴風雨によって、たった一日で無残な有様を晒《さら》しているのだ。

水辺を模した白い玉砂利の上に、折れ枝や木の葉が一面に散乱していた。牡丹もほとんどが折れている。新しく植え替えても、花は一年後を待たねばならないだろう。

ただ、元々風雨に強い紫苑《しおん》だけは、無数の落ち葉に絡《から》め取られながらも、茎を凜《りん》と立てて風に揺れていた。一重《ひとえ》の小菊に似た薄紫色の花々が、どこか誇らしげだ。

「折れ枝や落ち葉は、うちで引き取りますさかい、家に運んでおくれやす」

お時が清造に言った。

「風呂や厨《くりや》の焚《た》き付けにしますよって」

仕事の間の寝泊りは、お時の家を借りることになっている。

「御寮《ごりよう》さんから、職人さんのお世話を頼まれてます。手伝えることがあったら、なんなりと言うておくれやす」

さらにお時は、丁子屋の御寮人の名前は、「多紀《たき》」というのだと教えてくれた。

お紗代は竹箒《たけぼうき》で落ちた枝葉を掃き寄せ始めた。清造は庭木を一本一本確かめながら、枝の形や折れ具合を見ては、孝太に「その枝は残して、あっちの枝を払え」などと指示を与えている。庭師は験《げん》を担いで「切る」とは言わない。「払う」か「降ろす」と言うのが決まりだった。

庄吉は荷車に集めた枝葉を積んで、お時の家へと運ぶのが役割だ。寮の北側にある田畑を幾つか越えた所に、お時の家はあった。

「嬢《とう》はん、お時さんが、そろそろ昼飯や言うてはりましたえ」

戻って来た庄吉が、首に引っ掛けた手拭《てぬぐ》いで額の汗を拭いながら言った。

庄吉に言われて、お紗代は初めて、すでに日が高くなっているのに気がついた。汗ばんだ肌を、ひんやりと撫《な》でる風が心地良かった。

二日の間、ほとんど掃除に時間を費やした。三日目になって、やっと剪定にかかった頃、空木屋の棟梁の息子の源治《げんじ》が姿を現した。源治は二十二歳で、普段から二十八歳の清造を兄のように慕《した》っているところがあった。

「仕事が早《はよ》う片付いたんで、丁子屋を手伝《てつど》うて来いて親父に言われたんや」

丁子屋を長年預かって来た空木屋としては、すべてを他人《ひと》任せにするのは不安だったようだ。多少、無理をしてでも源治の身体《からだ》を空けさせたのだろう。鋏《はさみ》の入れ方一つにも、「空木屋」には「空木屋」の流儀があるのだ。

掃除が一段落つくと、人手が増えた分、お紗代にできることはなくなった。

そこで、お紗代は縁先《えんさき》に腰を下ろすと、庭を存分に眺めることにした。

今、目の前では男たちが懸命に働いていた。清造も源治も仕事には手を抜かない。清造の方が技量も経験も豊富だったが、いずれ空木屋を背負って行く源治には、決して引けない部分があるようだ。

やがて、夕暮れも近くなり、皆は片付けを始めた。お紗代も手伝おうと腰を上げた。

その時だ。どこかで子供の声が聞こえた。怪訝《けげん》に思って辺りを見回しても、ただ風が頬に触れるだけだ。

目の前を茜色《あかねいろ》の蜻蛉《とんぼ》がついっと横切る。

お紗代は何気《なにげ》なく蜻蛉を目で追った。蜻蛉は風の中をすいすいと泳ぎ、庭の東側の、竹と小柴が遮っている垣根の向こうへと消えてしまった。

再び子供の声がした。どうやら笑っているようだ。

お紗代はその柴垣《しばがき》の側《そば》へ近寄ってみた。垣根の隙間から覗《のぞ》こうにも、太い竹を何本も立て、その間を念入りに小柴で埋め尽くしてあり、とても覗き見などできそうもない。

垣根の向こうに寮の離れ屋があることは、ここに来た日に、お時から聞いていた。

――そこは、触らんといておくれやす――

離れ屋の庭をどうするのか尋《たず》ねた清造に、お時は強い口ぶりで言った。

――かまわんでええて、御寮さんが言うてはりましたさかい――

離れ屋といっても、どこかおかしな造りだった。掃除の傍ら、お紗代は寮の庭を端から端まで見て回った。そうして、すぐにその理由が分かった。

どうやら、元々この離れ屋は母屋《おもや》と渡り廊下《ろうか》で繋《つな》がっていたらしい。今では渡り廊下が取り外され、庭の一部と離れが母屋から切り離されて、柴垣で遮られているのだ。

離れ屋に続く木戸《きど》もなく、まるで仲たがいした隣家のようだ。

お紗代は子供の声が聞こえはしないかと、耳を垣根に近づけてみた。いったい、どうやってこの中に入ったのだろう、そんなことを考えていたら、帰り支度が整ったのか、お紗代を呼ぶ清造の声が聞こえて来た。

その夜、お紗代は風呂を済ませると、源治の姿を捜した。源治は清造と二人で、縁に腰を下ろし、行灯《あんどん》の明かりを頼りに酒を飲んでいた。夜風が冷えるのか、二人は浴衣《ゆかた》の上から少々時期の早い丹前《たんぜん》を羽織《はお》っている。

「源治さん」

お紗代が声をかけると、二人はほぼ同時に振り返った。

「尋ねたいことがあるんやけど……」

源治は清造にちらりと視線を向けた。

「わしは疲れたんで、もう寝るわ。嬢《とう》はん、若棟梁の相手は任せます」

清造はすぐに腰を上げて、「ほな、これで」と寝所《しんじょ》へと姿を消した。

「寮の離れ屋のことが、知りたいんや」

お紗代はさっそく口火を切った。源治とは幼い頃からの顔なじみだ。十歳も年上の清造よりも、話し易い。

「柴垣が邪魔で、庭が見られへん。お時さんは、離れ屋にはかまうなて言うてはるし。同じ敷地やのに、まるで一軒家みたいや」

「お紗代ちゃん」

源治は少しばかり厳しい口ぶりになった。

「庭師が得意先の事情を、あれこれ言わんのは知ってるやろ」

「よう分かってる」

だからこそ、清造には聞かれたくなかった。咎《とが》められるのは目に見えている。

「どうしても気になるんや。知ってるんやったら教えて。誰にも言わんさかい」

「気になるて……。何かあったんか？」

源治は不審そうに問い返して来る。

「なんとなく、誰かいてるような気がして……」

答えてからお紗代は黙り込んだ。源治が呆《あき》れたようにため息をついたからだ。

子供の頃、お紗代は、よく誰かに呼ばれることがあった。声のした方へ行くと、また別の方からお紗代を呼ぶ声がする。姿は見えないのに、誰かが自分を呼んでいるのだ。それがどういうことなのか、幼いお紗代にはよく分からなかった。

ある日、偶々《たまたま》源治が一緒にいたことがあった。父親に連れられて、「室藤」に来ていたのだ。親同士が話している間、源治は庭でお紗代の相手をしていた。お紗代は六歳、源治が十歳の時だ。

かくれんぼをしていて、お紗代がいなくなった。庭中を捜しても、お紗代の姿はない。大騒ぎになって、源治は散々父親に叱られた。

――お前がついていながら、なんちゅうことを……――

幸い、半時《はんとき》（一時間）ほどでお紗代は戻って来た。二つほど離れた大通りで泣いているのを、「室藤」の得意先の御寮さんが見つけたのだ。

藤次郎に勝手に庭を出た理由を聞かれて、お紗代はしゃくり上げながら答えた。

――あの子が、遊ぼう、て、うちを呼んださかい……――

同じ年くらいの子供の声が、お紗代を呼んでいたのだと言う。近づけば近づくほど、その子はどんどん遠くなって行き、気がついたら、自分がどこにいるのか分からなくなっていた。

――狸か狐にでも呼ばれたんやろ。幼い時はことに勘の立つ子もいてる。気をつけた方がええ――

そう父親が藤次郎に忠告していた、と、以前、お紗代は源治から聞かされたことがあったのだ。

――ほんまに、あの時は生きた心地がせんかった。もし、お紗代ちゃんに何かあったら、わては親父に殺される、て、そない思うたわ――

お紗代自身は、何も覚えてはいなかった。ただお紗代を強く抱きしめていた母親の温《ぬく》もりに、ひどく安堵《あんど》したのだけは覚えている。

どうやら、源治はその時のことを思い出したらしい。

「とにかく、あの離れ屋はかまわんとき」

やがて源治は観念したように言った。それから、お紗代の耳元に顔を近づけると声を潜《ひそ》める。

「あそこには、子供の幽霊が住んでるんや」

お紗代は呆気《あっけ》に取られた。

「ほんまやで。昔、うちの職人から聞いたんや。せやさかい……」

と、源治はさらに声音《こわね》を落とす。

「お紗代ちゃんは、近づかん方がええ」

「うちはもう子供やないで」

お紗代はきっぱりと言い切った。

「狸や狐と、人との区別ぐらいできる」

迷子になった翌年、母は亡くなった。その頃から、お紗代を呼ぶ声は聞こえなくなった。

それがなぜか辛《つら》かった。たとえ幻でも良いから、母の姿を見たかったたし、その声を聞きたかった。この時になって、お紗代はやっと自分を呼ぶものの正体に気がついたのだ。


最初は五日もあれば終わると思えた庭普請だったが、枝葉の傷みが酷く、清造も源治も、かなり手こずっているように見えた。

庭の片付けが終わると、お紗代の仕事は、もっぱら職人の食事作りの手伝いになった。昼の弁当を届けると、夕方まで暇になる。

その日、お紗代は離れ屋の入り口を探すことにした。寮の敷地からは無理でも、柴垣のどこかに木戸の一つもある筈なのだ。

お紗代は敷地の周囲を歩いてみた。辺りの稲田も、ここ二、三日の間にすっかり刈《か》り込まれている。刈り取った稲穂を束にして干すための稲掛けの列が、町屋のように幾重《いくえ》にも並んでいた。

寮の東側に畦道《あぜみち》が通っていた。道の傍らに一本の櫟《くぬぎ》の木があった。丁度、その木の辺りに小さな木戸が見える。それが離れ屋の出入り口のようだった。

櫟の高さは、お紗代の倍ぐらいだ。丸い大きな団栗《どんぐり》が、落ち葉の中に無数に転がっていた。子供が拾いに来てもおかしくはない。お紗代が聞いたのも、団栗を集める子供の声だろう、そう思った時だ。

突然、キキィと木戸が軋《きし》んだ。驚いたお紗代は、咄嗟《とっさ》に櫟の木の後ろに隠れた。まさか幽霊が木戸を開けて出て来る筈もない。それでも、一瞬、身体が強張《こわば》るのを感じた。

現れたのはお時だった。お時はさほど周りを気にする風もなく、木戸を閉めると、そのまま自分の家の方へと戻って行った。

お紗代は木戸に近寄ると、錠前に触れた。お時が鍵を掛けているのを見た。ところが、少し力を入れただけで、扉はギギィと開いたのだ。

（鍵が壊れてるんやろか）

不思議に思いながらも、お紗代は一歩中へと踏み込み、そうして、思わずその場に立ち尽くしてしまった。

そこは……、まるで火の海だった。

炎の色と形をしたその草花を、お紗代の母、お信乃《しの》は愛した。病《やまい》の床《とこ》につくようになってからは、なおさらだった。

——命が燃えているようや——

それが理由だった。

三尺（約九十センチ）ほどの高さになる緑のしっかりとした茎の先に、焔《ほむら》のような花が付く。庭先のわずかな一群れであったが、母が鶏頭《けいとう》に自分の命を重ねていたことを、後になってから知った。晩秋、鶏頭が色褪《いろあ》せてすっかり枯れる頃、お信乃が息を引き取ったからだ。

鶏頭は「韓藍《からあい》」ともいうのだと、生前、母が教えてくれたのを、この時、お紗代は思い出していた。

丁子屋の離れ屋の庭は、この韓藍に埋め尽くされていた。丈がお紗代の胸の辺りまで来るものもある。韓藍を掻《か》き分けないと、とても前には進めなかった。お時はどうやら柴垣に沿って、離れ屋の横手に回ったようだ。そこだけ、鶏頭が踏みしだかれている。

かつては前栽や庭石もあったのだろう。だが、今はすべて花に埋め尽くされていた。

庭木は影も形もない。ただ、柿の木が一本だけ、庭の隅で、辛《かろ》うじて己の存在を示していた。採る者もいないのか、熟した実は鳥に食べられるままだ。

人の気配はまったくない。縁側の板戸はきっちりと閉められ、住む者もいなくなって久しいようだ。

——子供の幽霊が住んでいる——

源治の、そんなたわいのない言葉を思わず信じそうになった。

お紗代の周囲を、蜻蛉が何匹も飛び交っている。鶏頭の穂先から生まれ出たように、蜻蛉は朱に染まって凪の中を浮遊《ふゆう》していた。

「きっきり舞《も》うて来い」

突然、鶏頭の茎が揺れて、子供の声が近くで聞こえた。

「きっきり舞うて、こう」

驚くお紗代の眼前で鶏頭の群れが左右に割れ、子供の顔が覗いた。

頭の上に髷を乗せた、十歳かそこらの男の子だ。子供は、再び「きっきり舞う、る。


子供の身体はすっかり鶏頭の海に沈み、まったく見えなくなった。それでも、子供の居場所は、揺れる鶏頭や、蜻蛉の群れが散る様子ですぐに分かった。

「きっきり舞う」は子供の遊びだ。逃げる子供たちを、一人が追っかけて捕まえる。

捕まれば、その子が今度は鬼になって追っかける番だ。

どうやら、お紗代は子供を捜さなくてはならないようだ。誘われるままに、お紗代は鶏頭の中へと分け入った。

「坊《ぼん》、どこや、どこにいてるん」

呼びかけながら進んで行くが、子供の笑い声とさわさわと鶏頭を揺らす音は、庭のあちらこちらから聞こえて来る。

(そない広い庭やないのに)

母屋に比べたら三分の一の広さもない庭だ。それなのに、鶏頭の咲き乱れる秋の野辺《のべ》にいるような気がする。それも、たった一人で……。

ふいに寂しさが込み上げて来て、お紗代は両目をしっかりと閉じた。自分がいるのは離れ屋の庭先に過ぎない。そこは、誰の手も入っていない、ただ鶏頭が咲いているだけの庭なのだ。

再び目を開くと、もはや子供の声は聞こえなかった。お紗代は庭の中ほどに立っていた。自分の踏みしだいた跡がくっきり残っている。今も、草履《ぞうり》は倒れた鶏頭の花を踏んでいた。

「堪忍《かんにん》え」

思わず声に出して花に詫《わ》びた。

お紗代は庭から出て行こうとした。さっきの子供も、どこからか忍び込んで来た、近隣の農家の子なのだろう。

「もう、帰るんか？」

ふいにそんな声が背後で聞こえた。

驚いて振り返ると、一人の男が立っていた。

見た限りでは、年齢《とし》は源治とあまり変わらない。痩《や》せ気味《ぎみ》で、肌がやたらと白い。そのせいか、唇の赤さばかりが目立つ。庭師の日に焼けた肌を見慣れているせいか、お紗代には妙な違和感があった。

「せっかく来たんや。ゆっくりして行き」

男は人懐《ひとなつ》こい顔で笑った。

深緑の青茶と、明るい薄柿色の唐桟縞《とうざんじま》の絹の小袖《こそで》に、光琳松《こうりんまつ》をあしらった長羽織《ながばおり》を着ている。

間違っても職人には見えない。それに、昼日中にこんな一軒家にいるのだ。働き者の商人の筈もない。

「うち、帰ります。すんまへん、勝手に入ってしもうて」

遊び人に関わっている暇はない。お紗代は急いでその場から離れようとした。するとと、男はいきなりお紗代の右手を取った。

「ええから、寄って行き。一人で退屈してたんや」

男はぐいぐいとお紗代の手を引いて、家の方へと歩き出した。鶏頭の花々は、二人の前を遮ろうともしない。気がつけば、お紗代は広い縁《えん》の側まで連れて来られていた。

閉まっていた筈の板戸が、いつの間にか開いている。障子《しょうじ》が秋の日差しを受けて、柔らかな輝きを放っていた。

お紗代は男と並んで縁先に腰を下ろした。

やや傾き出した日の光の中で、庭一面の鶏頭が秋風に揺れている。本当に燃えているようだった。炎に包まれた庭で、お紗代は、見ず知らずの男と肩を並べて座っている。男はお紗代のすぐ傍らにいた。少し怖《こわ》い気もしたが、母屋の庭には清造たちがいる。いざとなれば声を上げれば良い。そう思えば気も楽になった。

「なんで、こないにぎょうさん鶏頭を植えてはるの?」

「お母はんが好きやしな。しょうないやろ」

「お母はんて、もしかして、丁子屋の御寮さん？」

驚いて問いかけるお紗代に、男は「せや」と頷く。お紗代は立ち上がると、男の前にぺこりと頭を下げた。

「若旦那さんとも知らずに、失礼しました。うちは、紗代というて……」

「『室藤』の嬢《とう》はんやろ」

男はお紗代の胸元を指差した。

「『室藤』の印半纏《しるしばんてん》着てたら、すぐに分かるわ。若い娘の着るもんと違うやろ」

男はクスクスと笑った。どんなに今風の小袖を着ていても、藍《あい》の地に「室藤」の白抜きの半纏では、色気などあろう筈もない。

「そないかしこまらんでもええ。とにかく、ここへ座りよし」

若旦那はお紗代を再び自分の隣に座らせると、視線を庭に戻した。

「まるで赤い波が押し寄せて来るようや」

「ほんまに、溺《おぼ》れそうどすな」

秋風はどこか悲しさを含んで、お紗代の頬を撫でて行く。韓藍は波立ち、その中から、無数の蜻蛉が生まれ出ている。

お紗代は若旦那の顔をしっかりと見たくなった。ただ色の白い、唇の赤い男という印象しかない。目はどんなだったか、鼻の形は？　顔立ちは……。気になればなるほど、まともに見られなくなる。

「明日も来てくれるか？」

若旦那がぽつりと言った。

「ずっとここに一人でいてるんは、寂しいんや」

（さっきは退屈やて言うてはったのに）

寂しい、というのが本音のようだ。

「庭仕事が終わるまでは、お時さんの所にいてますさかい」

お紗代は腰を上げると、思い切って若旦那の顔を見た。切れ長の目が、お紗代を見上げている。西側に母屋があるので、離れ屋の庭も縁の辺りもすでに陰《かげ》り始めていた。

急に吹き寄せる風が冷たく感じられた。先ほどまでの暖かさは、もはや微塵《みじん》もない。

その中に一人残される男の身を思うと、お紗代はなんとなくこの場を去りがたくなった。

「寂しいんやったら、若旦那さんも、丁子屋へ帰らはったらどうどす？」

と、お紗代は言った。

「何も一人でこないな所にいてはらんでも、ええんと違います？　帰れへん事情があるんやったら、お時さんの家に行かはったら……」

今、お時の家は庭師が四人もいて賑《にぎ》やかだ。

「わては、ここからは出て行けへん」

若旦那は小さくかぶりを振った。

「ここにおらな、あかんのや」

その言葉に、お紗代は戸惑《とまど》いを覚えた。

「それが、お母はんの望みやさかい」

若旦那は草履を脱いで縁に上がる。

「ほな、またな。気ぃつけて帰りや」

そう言うと、男は障子の向こうへ消えてしまった。

木戸を出たお紗代は、茫然《ぼうぜん》とした。

いつしか日はすっかり落ち、辺りは暗くなっている。月はないので星を頼りに歩くしかないが、洛中とは違って、町屋の明かりもなければ人もいない田舎道は、心底恐ろしかった。

糺の森が黒く大きく、なんだか化け物じみて見えた。足元の草むらから、何かが飛び出しそうな気がして、一歩踏み出すのも躊躇《ためら》われた。それでも、お時の家の辺りに揺れる燈火《とうか》を目指して、お紗代は懸命に歩いた。

天には星が怖いほどの数で瞬《またた》いていた。こんな野っぱらの真ん中に、たった一人でいると、まるで、この世に自分しかいないのではないかという気がして来る。そう思うと、怖いというよりも、ただただ寂しい。

(若旦那は、なんで、一人であの家にいてはるんやろ)

何かの罰《ばつ》で、御寮さんに離れ屋に閉じ込められているのだろうか。

そんなことをあれこれ考えていると、お時の家の前に着いた。門の前に提灯《ちょうちん》が見える。怒った清造の顔が、ほの暗い明かりに照らされて、まるで地獄の閻魔《えんま》のようだった。

「どこにいてたんやっ」

厳しい声で清造は言った。その声に、お時が飛び出して来た。

「嬢《とう》はんが戻って来《き》はらへんさかい、案じてましたんやで」

「すんまへん」

お紗代は頭を下げる。そこへ、源治を始め、孝太や庄吉も顔を出した。

皆、一様に安堵の表情をしている。お紗代は何度も何度も頭を下げた。

「この辺りの風景が物珍しゅうて。ついあちこち歩き回ってしもうたんや」

お紗代は咄嗟に嘘をついた。離れ屋には入るなと、お時からは言われている。

「無事に戻ったんやから、もうええやろ」

やがて清造が言った。一番心配していたのは清造なのだ、とお紗代は改めて思った。本当に怒ると、清造は口数が少なくなる。

「ほんまに堪忍して。今度から気をつけるさかい」

お紗代は再び頭を下げる。気がつくと、源治が無言で自分を見ていた。


その夜、風呂の焚《た》き口《ぐち》で火の番をしているお紗代に、源治が声をかけて来た。

風呂場からは、時折、庄吉や孝太の笑い声が聞こえる。ふざけて湯の掛け合いでもやっているようだ。

「清さんは?」

清造と源治は先に風呂を済ませていた。

「休んではる。お紗代ちゃんを捜していて、疲れはったんやろ」

それから、源治はおもむろに経緯《いきさつ》を話し始めた。

帰り支度をした時、寮にお紗代の姿はなかった。先に戻ったのだろうと思ったが、お時の家にもいない。それから暗くなるまで、皆は辺りを捜し回った。

「まさかとは思うたが、清さんもわても、糺の森まで行ってみたわ」

幾らなんでも、女一人で昼でも暗い森へ行く筈はない。そう思ったが、お時の

「悪い狐にでも化《ば》かされたんやないやろか」の一言で、行かざるをえなくなったのだ。

「狐やなんて」お紗代は吹き出しそうになって、すぐに口を押さえた。

「笑いごとやない」と、源治に叱られそうだった。お紗代には狐絡《がら》みの前科がある。それを源治は知っている。

源治は焚き口に近づくと、側にあった小枝を数本取り、ぱきっと折って火の中に放り込んだ。一瞬、火の粉が散り、炎が燃え上がった。

「それで、幽霊には会えたんか？」

お紗代の胸がどきりとした。やはり、源治には嘘は通じない。

「夕べ、あの離れ屋のことを言うてたさかい、もしかしたら、て……」

お紗代を捜すなら離れ屋に行くべきや、と、源治はすぐに思った。

しかし、お紗代が許しも得ずに離れ屋に入ったとなれば、室藤はもとより、空木屋にとっても良い話にはならない。

そう考えて、源治はお紗代を捜すのに必死な清造を、止めることはしなかったのだ。

「どうしても離れ屋の庭が見とうて、それで、入り口を探したんや。木戸は東側の櫟の側にあった。丁度、お時さんがその木戸から出て来るのが見えて……」

「木戸には錠前が付いてるやろ」

「鍵は掛かってへんかった」

「お時さんが、掛けるのを忘れたんやろか」

「分からへん」と、お紗代はかぶりを振ってから、再び源治を見た。

「あの離れ屋のこと、何か知ってはるんやったら、教えて」

丁子屋の庭の世話は、当初から空木屋が請け負っている。知らぬ筈はないように思えた。

「詳しいことは分からんのや。ただ、わてが子供の頃、空木屋の職人から聞いた話や。丁子屋の離れ屋に病気の子供がいてる、て……」

——せやけどな、その子のことは誰も知らんのや。まるで幽霊みたいやろ——

「それで、子供の幽霊が住んでるて言うたの？」

「そう言うたら、お紗代ちゃんも近づかんのやないか、て……」

源治は一瞬、いたずらっ子の顔になる。

「あほらし。うちが、そないな話、信じるとでも思うたん」

お紗代はわざと怒ってみせる。

「あの後、親父の仕事を手伝うようになって、何度か下鴨の寮へ来たんやけど、その頃にはもう、離れ屋はあの柴垣で遮られとった。御寮さんからも、離れ屋には手を入れんといてくれ、て言われてなあ。親父も向こうの庭がどないなっとるか知らんやろう」

「東側の木戸のことは？」

「知っとる。わても探したことがあるんや。しっかり錠が掛かっていて開けられんようになってたわ」

だが、木戸は開いた。そこには韓藍の庭があり、確かに子供はいたのだ。

「病気の子供は、どないなったんやろ」

お紗代には、それが気がかりだった。

「さあな」と源治は首を傾《かし》げた。

「いずれにしても、葬式を出したて話は聞いてへん。病も治って、今頃、元気にしてはんのと違うか」

ならば、あの丁子屋の若旦那が、その子供なのだろうか。

「あの離れ屋に、若旦那さんがいてはったわ」

「若旦那やて？」

源治は呆気に取られた様子で、お紗代を見た。

「そうや。丁子屋の若旦那や。病気の子供て、その若旦那のことやないやろか」

「三年前に大旦那さんが亡《の》うなって、息子に代替わりしたんは聞いとる。確か、岩《いわ》松《まつ》て名前やったな。けど、京にはいてへん筈や」

「主人がお店にいてはらへんの？」

「丁子屋は清国《しん》や朝鮮から薬種を買《こ》うてる。岩松さんは、大坂《おおさか》か長崎《ながさき》の出店《でみせ》にいてはるそうや」

「ほな、京の店は？」

「御寮さんが仕切っとる」

「せやけど、あれは若旦那さんみたいやった。御寮さんのことを、お母はんて言うてたし。お時さんが世話をしてはるようや」

「丁子屋の息子は一人だけや。もしかしたら、訳有り、てやつかも知れんな。京にいてへんことにして、身を隠しとる。何かまずいことでもやらかしたんやろ。出店て言うたかて、しっかりした番頭がおればええ。お飾りの主人やったら、おらんかて困らへん」

「まずいことって……」

「女絡《がら》みか博打《ばくち》か、喧嘩沙汰《けんかざた》でも起こしたか。どっちにしても、お紗代ちゃんが関わることやない。もう離れ屋には近づかんこっちゃ。それとも、その男のことが気になるんか」

「そんなんやない」

お紗代は強い口ぶりで否定した。

源治の目は、お紗代の胸の内を見透かそうとでもするようだ。

——明日も来てくれるか。一人でいてるんは寂しいんや——

すがるように自分に向けられた男の眼差《まなざ》しが、お紗代の心を摑んで離さない。細《ほそ》面《おもて》の顔、切れ長の目、通った鼻筋、白すぎる肌に赤い唇……。不思議なことに、今になってその秀麗《しゅうれい》な容貌《ようぼう》が、鮮《あざ》やかな絵のように形を成して来る。

心が震えているのが分かった。その震えを、自分で止められないのが、お紗代にはただもどかしかった。


翌日の朝、仕事に取りかかる前に、清造は皆を集めてこう言った。

「丁子屋さんの方は、どうでもあと二日で仕事を終えて欲しいそうや」

清造の顔にも焦《あせ》りが浮かんでいる。丁子屋が急ぐのには理由があった。なんでも近々法要《ほうよう》があり、この寮を客の接待に使うのだと言う。

丸二日、五人で暗くなるまで働いた。お紗代には、もはや離れ屋を訪ねる暇などなかった。木端《こば》集めの手を止めて、離れ屋との境の柴垣に目をやることもあったが、今はそれどころではない、と思い直して、ひたすら仕事に没頭した。

二日目の夕暮れ、ついに仕事は終わった。庭には、まるで生まれ変わったような清々《すがすが》しさが漂っていた。新しく植え替えられた小菊の苗が、濃い緑の葉を秋風にそよがせている。

枝を折られ、無様《ぶざま》だった松も、一回り小ぶりにはなったが、姿良く整えられていた。

夜、お時の家には、丁子屋から酒や料理が届いた。家を貸した労《ねぎら》いからか、お時の家人《かじん》の分も用意されていて、一同、顔をそろえての、ちょっとした宴《うたげ》になった。

昼間の疲れもあり、明日は室藤に戻れるとあって、宴が終わると皆はすぐに寝入ってしまった。

他人の家での気遣いもこれで終わりかと思うと、すっかり気が抜けたのか、お紗代も早々と寝床に入った。

(若旦那には、明日の朝、挨拶に行こう)

そんなことを考えながら……。

それは深夜を回った頃だったろうか。お紗代は、夢の中で誰かに呼ばれたような気がして目を開けた。

(うちを、呼んではる……)

あれは、あれは……。

(岩松さんが、うちを捜してはる)

行かなくては、と咄嗟に思った。

お紗代は起き上がると、急いで小袖を羽織った。

裏の木戸から外へ出た。新月を前にして、月は糸のように細い。雲がないので、星々の明かりで、足元もさほど暗くはなかった。

(岩松さんが、うちを待ってはる)

妙に確信めいた思いに突き動かされて、いつしかお紗代は駆け出していた。

お紗代は夜の怖さも忘れて畦道を駆け抜けると、離れ屋の木戸の所へやって来た。

錠前に手を掛けようとした時、鍵がガチャリと外れた。不審に思う暇もなく、扉は自然に開いた。まるで、お紗代を待っていたかのようだった。

中へ入ると、目の前を遮っていた鶏頭が、自然に左右に分かれた。そのまま進んで行くと、たちまち離れ屋の縁先に出た。深夜だというのに板戸が開けてある。障子の向こうに行灯《あんどん》の明かりが見え、人影が動いているのが見えた。影の形から女のようだった。

声をかけるのを躊躇っていると、「お紗代ちゃん」と、囁《ささや》く声がすぐ側で聞こえた。見ると、若旦那が立っている。若旦那は右手の人差し指を自分の唇に当て、小声で「しっ」と言った。

それから、初めて会った時のようにお紗代の手を取り、鶏頭の中を歩き出した。庭の隅の柿の木の側まで来ると、若旦那はその場に腰を下ろした。お紗代も鶏頭に埋もれるように並んで座った。

「来てくれへんかと思うた」

「もしかして、うちのこと、待ってはったん？」

「ああ、待ってた。どうしても会いとうてな」

若旦那はそう言って、安心したように笑った。

「堪忍え。今日中に庭仕事を終わらさなあかんかったんや」

「それやったら、もう、ここには用はあらへんのやなあ」

若旦那の声はどこか寂しそうだ。

「明日の朝、皆と一緒に帰るんや」

お紗代の声も自然と低くなる。

その時、鶏頭越しに離れ屋の障子が開いて、中から一人の女が現れた。女は縁先に立つと、悲しげな声で言った。

「市《いち》や。市松《いちまつ》……」

女は何度も、「市松」という名前を呼んでいる。その声を聞いていると、なんだか胸が引き裂《さ》かれるようで、お紗代の胸が苦しくなった。

「市よう……。市松よう……」

　女は泣いているようだ。

　やがて諦《あきら》めたのか、女は呼ぶのをやめて、放心したようにその場に座り込んでしまった。

「毎年、今頃になると、お母はんはここに一人で来て、ああやって『市松』て呼ぶんや」

「市松て誰なん。岩松さんの知っている人？」

「いわ……まつ……」

　独り言のように呟《つぶや》くと、若旦那はお紗代の顔をじっと見つめた。

「あんたは、丁子屋の主人の岩松さんやろ？」

　若旦那はしばらくの間、お紗代の顔を見ていたが、やがて静かな口ぶりでこう言った。

「わてが市松や。十一歳で死んだ、あの人の子供や」

　お紗代は思わず声を上げそうになり、慌てて声音を落とす。

「なんで、そないに酷い嘘をつかはるの？　あんたは岩松さんやろ。丁子屋の今の主人の岩松さんやないの」

「岩松は一つ下の弟や。わては生まれた時から身体が弱かった。せやさかい、ずっとこの寮の離れ屋で療養《りょうよう》しとったんや」

頭が混乱した。寮の離れ屋に病気の子供がいたことは、確かに源治の口から聞いている。

お紗代は若旦那にすがり付いた。

「ほんまは岩松さんなんやろ。うちをからこうてはるんやろ。せやなかったら、あんたは、幽霊てことになるえ」

若旦那は、「わからん」と悲しげな顔になってかぶりを振った。

「幽霊がどんなもんなんか、わてには分からん。ただ、わてはこの庭におる。この庭からは出て行かれへん」

「何を夢みたいなことを……」

お紗代は自分の立場も忘れて、彼を叱りつけた。

「しっかりしいや。あんたは、ちゃんとうちの前にいてる。こうして……」

お紗代は両手で若旦那の頰を挟むと、顔をさらに近づけた。

「触れることかてできる」

お紗代は男の首に両腕を巻き付けた。

「ほら、身体かて温《ぬく》い」

ふいに若旦那の両腕が動いて、お紗代の身体を抱きしめていた。

お紗代の胸の動悸《どうき》が激しくなった。

韓藍の海に溺れて、このまま沈んで行きたいと思った。男が何者であってもかまわない。ただ、このまま、ずっと……。

そのまま二人は抱き合っていた。互いの頰を押し付けていると、お紗代の目に涙が溢《あふ》れて来た。

まるで人形でも抱いているようだった。人の形をし、人の温もりを持ち、人の声で言葉を話す……。男の心の臓《ぞう》も、お紗代と同じようにだんだん速くなっているのに……。

だが、何かが違っていた。

「この庭の鶏頭が、わてに命を与えているんや。せやから、わてはこの庭の中でしか生きられへん」

韓藍はその命の炎で市松の魂を捕え、庭に閉じ込めてしまった。

「それが、お母はんの願いやったさかいな」

生まれながらに身体の弱かった息子のために、多紀は庭に鶏頭を植えた。その花の赤さと力強さが、幼子《おさなご》に命を分け与えてくれるような気がしたからだ。最初、一群れだった鶏頭は、たちまち庭を覆《おお》い尽くした。

母の想《おも》いは、息子をなんとしてでもこの世に留めようという執念となり、それが市松をこの庭に封じ込めてしまったのだろうか……。

「ここは牢獄《ろうごく》や」

市松は、縁先に座り続ける母親に目を向けた。

「わてはここにいるのに、あの人には分からへん。わては、お母はんの嘆き悲しむ姿を、ただ見ていることしかできんのや」

それが辛い、と市松は言った。

「なんで、うちには市松さんが見えるん？」

お紗代は、改めて市松の顔を見た。市松は羽織の袖でお紗代の頰の涙を拭ってくれる。

「願いが通じたんやろな」

市松はかすかに笑った。

「わては、誰かに見つけて貰いたかったんや」

――きっきり舞《も》うてこう――

あの子供は、そう言ってお紗代を誘った。そうして、鬼となったお紗代は、市松を捕まえた。いや、捕まったのは、お紗代の方だ。

(木戸の鍵は、最初から開いていた)

お時が鍵を掛けるのを忘れる筈はなかった。

「お紗代ちゃんに頼みがある」

その時、市松が真剣な声で言った。

「この庭の鶏頭を、一本残らず抜いて欲しいんや」

驚いたお紗代は、強くかぶりを振った。

「ここは、御寮さんの大切にしてはる庭や。そないなこと、うちにはとても……」

「お母はんは、もうわてのことを忘れなあかん。せやないと、お母はんにとっても、岩松にとっても、ええことにはならん。わてのためや思うて、やって欲しい」

お紗代は不安になった。市松は、お紗代と共にいられるのは、庭の鶏頭が生かしているからだと言った。ならば、その鶏頭がなくなったら？

「いやや」とお紗代はきっぱりと断った。多紀のためではなく、自分のために、お紗代は市松を失いたくはなかった。

「頼む、お紗代ちゃん。わての一番大切な宝物をあげるさかい……」

たからもの……。お紗代は呆れた。あまりにも子供じみた言葉だったからだ。

（まだ、子供なのだ）と改めて思った。今、目の前にいるのは、お紗代の気を引くために大人の姿で現れただけの、ほんの十一歳の子供なのだ。

市松が憐《あわ》れだった。

「この柿の木の根元に、わての宝もんを埋めてあるんや。それを、お紗代ちゃんにあげるさかいに、な」

お紗代の顔を覗き込むようにして、市松はなおも懇願《こんがん》する。

承知するしか仕方がなかった。市松を見つけたのは、お紗代なのだ。他の誰でもない。

「あんたの気がそれで済むんやったら……。この庭を離れて、好きな所へ行けるんやったら、それが、あんたの望みなら、うちが叶《かな》えてあげる」

「嬉《うれ》しいなあ」と、市松は子供の顔で笑った。

やがて、多紀は諦めたように座敷に戻って行った。板戸が閉まり、多紀もやっと眠りについたようだ。

お紗代は傍らで揺れていた鶏頭の茎を掴んだ。やや躊躇ってから、それを力任せに引き抜いた。勢い良く抜いたので、根元の土が顔にぱらぱらと降りかかる。

(花が怒ってる)

そう思った。

一切考えるのをやめて、ただひたすら、お紗代は鶏頭を抜いた。両手で掴めるだけ握《にぎ》りしめると、力一杯引き抜いて行く。地面を這《は》うようにして、それを何度も何度も繰り返した。

どれほど時間が経ったのだろうか。辺りには霧が立ち込め、空気の冷たさに身体がぞくりと震えた。お紗代はその場に座り込むと、両腕で自分の身体を抱え込んだ。

その瞬間、ふいに背後から抱きしめられた。すぐに市松だと分かった。

「おおきに、お紗代ちゃん……」

耳元で囁いた声が、ひどく遠くに聞こえた。

鶏頭を引き抜く度に、市松の気配が薄れて行くのが分かった。だから、何も考えないようにして、お紗代は必死で腕や身体を動かしていたのだ。

そうして、ついに市松の気配は消え、後《あと》には、市松の着ていた羽織だけが残された。


夜が明け、朝霧の中に現れたのは、無残に荒らされた庭だった。庭を美麗《びれい》に仕立て上げ、それを守るのが庭師の仕事だというのに……。

本当に市松はいたのだろうか。あれはただの夢ではなかったのだろうか。胸の内で何度も問いかけてみる。

だが、お紗代の腕の中には、光琳松の長羽織があった。胸が押し潰《つぶ》されそうになり、お紗代は、市松の羽織をしっかりと抱え込んだ。

涙が溢れて止まらなかった。市松はもういない。二度とお紗代の前に現れることはない。

何度も自分に言い聞かせながら、お紗代は泣き続けていた。

「あんた、そこで何をしてるんやっ」

突然、甲高《かんだか》い声が響いた。

視線を上げると、怒りに顔を引《ひ》き攣《つ》らせた女が目の前にいた。「丁子屋」の多紀だった。

「大事な庭をこないにして、あんた、いったい、どこの誰やっ」

多紀は再び怒声を上げると、お紗代の腕を摑んだ。

「この羽織は、どこから取って来たんや？」

多紀はお紗代の手から、市松の羽織を奪い取る。

「長持《ながもち》の中に仕舞っておいたのに、なんで、ここにあるんや」

多紀はお紗代を地面の上に引き倒した。

「なんとか言うたら、どうえ」

土に塗《まみ》れながら、お紗代はただ身を小さくしているしかなかった。多紀の怒りは激しく、すぐには収まりそうもない。

「うちの話を聞いておくれやす」

ついにお紗代は顔を上げると、きっぱりと言った。

「これは、うちが市松さんに頼まれた仕事どす。うちかて庭師の娘や。頼まれもせんのに、他所の庭に手を入れたりはせえしまへん」

「この娘《こ》は……」

一瞬、多紀は呆れたように目を瞠り、さらに声を荒らげた。

「ここに『市松』てもんはいてしまへん。市松さんは、岩松さんの兄さんどすやろ」

「嘘やあらへん。市松さんは、岩松さんの兄さんどすやろ。ようもそんな大嘘を……」

一瞬、多紀の全身が凍り付いたように見えたかと思うと、たちまちその顔が般若《はんにゃ》と見まがう形相《ぎょうそう》に変わった。多紀の片手が大きく振り上げられ、お紗代が思わず両目を閉じた時だ。

「お母はん、ええ加減にせえっ」

男の声が聞こえた。そっと目を開けると、一人の男が多紀の腕を摑んでいる。

「岩松……」

多紀が大きく息を吞むのが分かった。

「この庭の鶏頭を抜くよう、頼んだのはこのわてや」

岩松は多紀を宥《なだ》めるように言った。

「文句があるんやったら、わてに言うたらええ。この娘はなんも悪いことはしてへん」

岩松はそう言って、お紗代に向かってにこりと笑った。その顔が驚くほど、市松に似ている。ただ、市松よりも日に焼けて、身体つきもがっしりしていた。

「あんた、うちに黙って、ようもそない勝手なことを……」

多紀の怒りが岩松に向けられる。

「お母はん、もう丁子屋へ戻らはったらどうえ。表で番頭さんも待ってるんや。明日はお祖父《じい》はんの法要やろ。お母はんがいてへんことには、支度もできひん。ここはわてがあんじょうするさかい」

岩松の言葉に多紀は黙り込んだ。さらに岩松はこう言った。

「表向きは、お祖父はんやけど、ほんまは市松のための法要やろ」

多紀は辛そうに顔を歪《ゆが》めると、岩松にくるりと背を向けた。

「丁子屋の主人は、あんさんや。後のことは任せます」

多紀はその言葉を残して立ち去って行った。

母親の姿が見えなくなると、岩松は地面に座り込んでいるお紗代を助け起こした。

「すまなんだな。怖かったやろ」

お紗代は安堵した。そのせいか、再び涙が零《こぼ》れそうになる。

岩松は、お紗代に縁先に座るように言った。

心が落ち着くと、離れ屋の庭を眺める余裕が出て来た。鶏頭は一掃《いっそう》され、所々に雑草を残すだけの、ただの荒れ地に変わっていた。もう茜色の蜻蛉の姿もない。

「それにしても、思い切りやってくれはったなあ」

荒れた庭に目をやって、岩松は何がおかしいのか小さく笑った。

「さっきは、おおきに。助けてもろうて」

お紗代は岩松に礼を言った。

「かまへん。今朝方《けさがた》、長崎から京に着いたばかりや。家で休むつもりやったんやけど、なんや、えろう胸騒ぎがしてな。ここへ来なならんような気がして……」

一旦、言葉を切ると、再び視線を庭に向ける。

「ほんまは、わての手でここの鶏頭を全部抜いてしまいたかったんや」

どこか怒りの籠《こも》った声だ。

「あんた、お母はんに、市松に頼まれたて言うてたな」

躊躇いながら、お紗代は小さく頷いた。岩松にまで、嘘つきと思われるのは辛かった。

「まあ、ええわ」と、岩松は大きく背伸びをする。

「なんで市松の話を持ち出したんかは知らんけど、この庭からあの鬱陶《うっとう》しい花が無《の》うなってくれて、せいせいしたわ」

「鶏頭が嫌いなんどすか？」

「当たり前や」と、岩松は吐き捨てるように言った。

「あんな野っぱらに生えてるようなしょうもない草花を、お母はんは、まるで市松の分身みたいに大切にしてたんや。死んだ奴が何をしてくれる？　店を継いでくれるんか。面倒を見てくれるんか」

「市松さんを、嫌ってはったんどすか」

岩松の言葉には市松への憎しみがある。お紗代はそれが悲しかった。

「兄弟やいうても、ほとんど一緒に暮したことはない。市松は、ずっと母と二人でこの寮にいた。わては乳母《うば》に預けられて、母親てもんがどないなもんか、知らずに育ったんや」

それから、岩松はぽつりぽつりと話し始めた。

「家が薬屋やったさかいな。病気の子供がいては体裁が悪かったんや」

――どうせ長《なご》うは生きられんのや。最初からおらん思うた方が諦めもつく――

先々代の松之助は、市松の存在を世間から隠そうとした。

「そないに酷い扱いを受けてるのんを見たら、誰かて不憫《ふびん》やて思います。まして、母親やったら、どないに辛いか……」

「身体が丈夫なだけでも、幸せに思わなあかん。周りからはいつもそう言われたわ」

どこか暗い目で、岩松はお紗代を見た。

「せやけどな、幾ら元気でも、母親は恋しいんや。お母はんは市松にかかりきりで、わてのことは放ったらかしやった」

多紀は、市松がこの離れ屋で療養するようになると、庭に鶏頭を植え始めた。

——この花は命の花や。鶏頭で一杯にしたら、市松はきっと元気になる——

「わては、ある日、庭の鶏頭を片っ端から引っこ抜いてやった」

——ここの鶏頭は市松の命そのものや。お前は市松の命を奪う気か——

そう言って、多紀は岩松を責めた。

「子供のするこっちゃ。お母はんを取られっぱなしで、ただ腹が立った。それだけやったのに……。それから何日もせんうちに、ほんまに市松は死んでしもうた」

高熱が続いた三日後、市松は息を引き取った。

「市松が亡《の》うなった時、お母はんはわてにこう言うた。『お前が、市松を殺したんや』て」

本心ではあるまい、に……。お紗代の胸が熱くなった。子を失った母親が、悲しみのあまり、怒りの矛先《ほこさき》をもう一人の我が子に向けてしまった。言葉は刃《やいば》となって岩松を切り裂き、多紀の心をも、さらに深く傷つけたのだ。

そんなことは、市松は決して望んではいなかった筈だ。

「母はわてを憎んどる。せやさかい、わては京にはおりとうない。親父が生きている内から、大坂や長崎に行って、こっちには近づかんようにしとった」

岩松は改めてお紗代に顔を向けた。

「あんたには感謝しとる。何で庭を荒らしたんかは知らんけど、ようこの庭から鶏頭を取り払うてくれた」

この時、お紗代は、市松が何を願い、何を望んだのか分かった気がした。

一番辛かったのは、市松だった。岩松から母親を奪った上に、自分のために二人が仲たがいしてしまった。それが、市松の心残りだったのだ。

岩松はじっとお紗代の顔を見つめていたが、やがて怪訝そうにこう言った。

「ほんまに、ここで市松を見たんか?」

「初めは十歳くらいの子供の姿やった。それが、若い男の人の姿になって現れて。その時、あの光琳松の長羽織を着てはりました」

「あれは、母が、市松が大人になった時に着せるつもりで縫ったもんなんや」

松の葉は年中枯れることなく、永久に瑞々しい葉色を保ち続ける。息子の長寿をひたすら願う母の祈りが、あの羽織の柄には込められていたのだ。そうでなければ、本来なら、女物の小袖に仕立てる光琳松を選んだりはしないだろう。

「頼みがおます」

お紗代は岩松に懇願した。

「市松さんが、うちに一番大切な宝物をくれるて言うたんどす」

「市松の宝物？」

岩松にも、何のことか分からないようだ。

「あの柿の木の根元に、埋めてあるんやそうどす」

岩松は一瞬、戸惑いを見せたが、すぐに柿の木に向かって歩き出した。

岩松は両手で根元の土を掘り返した。間もなく土の中から現れたのは、丁寧《ていねい》に油紙に包まれた桐の小箱だった。中には独楽《こま》が一つ入っていた。

「これは、わてが市松にやったものや」

岩松は驚いたように、お紗代を振り返った。

「わては一度も市松と遊んだことがなかった。早《はよ》う元気になって、一緒に独楽を回そう。鶏頭を抜いた詫びに、わては自分の独楽を市松にやったんや」

岩松は肩を落とした。市松とは違って、広い肩だ。その肩が小刻みに震えている。

「そうか、これが、兄さんの宝もんか……」

お紗代は目を閉じた。瞼《まぶた》の裏に韓藍が広がっていた。そこは庭などではなく、広い広い野原であった。鶏頭の花が炎の形をして揺れ、茜色の蜻蛉が幾つも幾つも生まれている。

――きっきり舞《も》うて来い。きっきり舞うて、こう――

燃える野を、一人の子供が走って行く。

(うち、市松さんの本当の宝物が分かったわ)

いつも一人で独楽を回していた男の子。お信乃の具合が悪い時、お紗代はよく母方の実家のある二条新町の家に預けられていた。

「独楽回しのいっちゃん」と、薬師堂で遊ぶ子供たちは、その子のことを呼んでいた。

ある時から、いっちゃんは薬師堂には現れなくなった。大きな商家の跡取り息子で、大坂の家に行ったのだと、お紗代は近所の子供から聞かされた。

(いっちゃんは、岩松という名前やったんや)

お紗代は目を開いた。孤独に耐えるように、ひたすら独楽を回していた男の子が、今、目の前にいた。

「その独楽、うちにくれるやろ」

お紗代が言うと、岩松は涙に濡《ぬ》れた顔で頷いた。

其の二

時《とき》迷《まよい》の庭

明和《めいわ》六年（一七六九年）、如月《きさらぎ》の半ばの頃だった。その日は朝から雨が降っていた。冬の寒さはすっかり遠のき、「室藤《むろふじ》」の庭も、紅《べに》や薄桃、白の梅が咲き誇っていた。桜の蕾《つぼみ》も付き始めている。細く温《あたた》かい春の雨に、景色は一変し、何もかもが真新しく見えた。

だが、その庭を眺めながらも、お紗代《さよ》の胸には一点の朱色《しゅいろ》が色濃く残ったままだ。

消えそうにも消えないその色は、炎の形を未だ留めて揺れている。一面に揺れる鶏《けい》頭《とう》と、呼びかけて来る声……。その声の主をなんとか忘れようと、お紗代は一冬を過ごしたのだ。季節の移り変わりはありがたい。それに、室藤の庭には、一本も鶏頭はない。それなのに、ふと何かの折に、意識は鶏頭の海に呑み込まれ、呼吸も苦しくなって来る。

（いつになったら、この想《おも》いがなくなるんやろう）

今年、お紗代は十九歳になった。縁談が持ち込まれる度《たび》に、ある考えが脳裏《のうり》を過《よぎ》る。

この世の者ではない男に、心の一部を持って行かれた女を、喜んで妻にしたがる男がどこにいるのだろう、と。

「嬢《とう》はん、いてはりますか？」

女の声が呼んでいる。お紗代はハッと我に返った。

すでに夕刻になっていた。いつしか雨も止んでいる。西の空の雲がわずかに切れて、薄暗かった庭にもささやかな日が差し込んでいた。

声の主は、長年、「室藤」の台所を取り仕切っている、女中のお勢《せい》だった。

「今夜の酒が足りひんのどす。買《こ》うて来て貰《もら》えまへんやろか」

この日、ひと月ほど掛かっていた庭普請《にわぶしん》がやっと終わった。棟梁《とうりよう》の藤次郎《とうじろう》は、職人等《ら》を労《ねぎら》うため、酒の席を設《もう》けることにしたのだ。

お勢は料理の用意をしている。お紗代は、「行って来ます」と五合徳利《とつくり》を手に家を出た。東西に走る松原通《まつばらどおり》から鍛冶町通《かじちようどおり》をやや北へ上がった東側に、庭師「室藤」はあった。

じきに日も暮れる。酒屋「亀甲堂《きつこうどう》」は、通りを一筋北へ行った高辻通《たかつじどおり》の仏光寺《ぶつこうじ》の真向《まむ》かいにあり、さほど遠いわけではない。藤次郎はこの店の、「鶴仙《かくせん》」という酒を好んだ。

家の前の鍛冶町通を北へ歩いていると、職人の中でも年若い孝太《こうた》と庄吉《しようきち》の二人が、道具を積んだ荷車を引きながら帰って来るところに出会った。

「あ、嬢はんや」

荷車を引いていた孝太が、お紗代に気づいた。

「お仕事、お疲れさん。早《はよ》う帰って、お風呂に入り」

お紗代は二人に声をかける。

荷車の上には道具類が載せてある。

すれ違いかけて、お紗代はふと荷台に目をやった。普段は仕事で使う大小の植木《うえき》鋏《ばさみ》やら、鉈《なた》や鎌、竹箒《たけぼうき》などが載《の》せられているのだが、今は、さらにその上に、大きな古びた板と、一抱えほどの石がある。

庄吉は荷車の脇にいて、その石が転がらないよう、片手で押さえていた。

「それ、なんやの?」

お紗代の問いかけに、孝太は車を止める。庄吉が答えた。

「石どすわ」

石なのは一目で分かる。三角形の角が丸く取れたような形で、ころんとした灰色の石だ。

「どないしたん?」

再び尋《たず》ねると、今度は孝太が「貰《もろ》うてきましたんや」と言った。

今回の仕事は、空き家の庭普請だった。元々は料亭だったが、跡を継ぐ者がいなくなり、長い間主《あるじ》がいなかった家を、大坂《おおさか》の廻船問屋《かいせんどんや》が買い取ったのだ。

建物は簡単な修理で立派に使えるようになったが、何しろ、庭は手入れもされずに荒れ放題だ。料亭の庭だけあって、散策ができるほどの広さがある。新しい家主《やぬし》は、その庭を自分の好みに造り直すことにした。

「ええ庭石は残したんどすけど、この石だけは、家主が『いらん』て言わはるもんやさかい、貰うて来ましたんや。『室藤』の庭の隅にでも置かれしまへんやろか」

庭師の家の庭は、客に見られることを前提にしている。石ころ一つ、勝手に置くわけにはいかない。

「清《せい》さんは、『姿も形も色もようない。前の住人が、面白《おもしろ》半分に河原から拾うて来たんやろ。帰る前に鴨川《かもがわ》の上流にでも放下《ほか》してこい』て、そない言うてはったんやけど……」

それから、孝太はちらりと庄吉を見た。

「庄吉が、なんやおかしなことを言うもんやさかい、気になってしもうて」

孝太に促《うなが》され、庄吉はぽつりぽつりと話し始めた。

「わては荷車を後ろから押してましたんや。そのうち、どうも石が勝手に動いてるような気がして来たんどす」

「『そないな阿呆《あほ》なことがあるか』て、わては言いましたんや」

今度は孝太が話を続けた。

――車が揺れるさかい動くんや。しっかり押さえとけ――

そこで庄吉は脇に回り、上から石に手を置いた。

「ほしたら、今度は声が聞こえる、て、そない言い出しよって」

呆《あき》れたように、孝太は庄吉に言った。

「石がしゃべるかいな。仕事の疲れで、何かの音が、声に聞こえてたんやろ」

「石がしゃべるて、面白い話やなあ」

お紗代は興味を覚えた。

「それで、石はなんて言うたん？」

「それが……」と、再び庄吉は口を開く。

「もどせ、もどせ、て」

――……、も……ど、せ……、もど……、せ……――

「戻せ、て言われても、いらん、て言われてんのやさかい、元の庭に戻す訳には行かしまへん。せやけど、なんや気味《きみ》が悪《わろ》うて、捨てるに捨てられず……」

庄吉は肩を落とした。その様子を見ながら、孝太が困ったようにお紗代に言った。

「気のせいや、て、わては何度も言いましたんやで。せやのに承知《しょうち》しませんのや」

「わてかて、石がしゃべるとは思うてしまへん。せやけど、一度気になると、どうも……」

庄吉自身も戸惑《とまど》いを隠せないでいる。

「かまへん」と、お紗代は言った。

「庭のどこか目立たへん所に、こっそり置いとき。庭木の茂みの奥がええ」

「ほんまにええんどすか？　そこらへんにあるような、ただの石どすえ」

庄吉が安堵《あんど》したように言った。お紗代はくすりと笑う。

「丸っこうてなんや可愛《かわい》いわ。せやけど、お父はんには見つからんようにな。庭石の一つひとつをよう覚えてはるし、自分の吟味《ぎんみ》したもんやないと捨ててしまうさかい」

藤次郎の庭石への拘《こだわ》りは強い。色や形、大きさ、肌合い、また周囲の植生《しょくせい》との釣り合いにまで美を求める。

若い頃は、望み通りの石を探して、近隣の山に入ることもしばしばあった。

その藤次郎が、どこぞの河原から拾って来たような石を、気に入る筈《はず》がない。

お紗代は徳利を胸に抱えると、荷台の石を覗《のぞ》き込んだ。かなり風雨にさらされていたものか、大きな二つのへこみが目に見えなくもない。さらには両端が下膨《しもぶく》れの頰《ほお》にも思えて来た。

（ここが顔で、ここが耳。これが顎《あご》の髭《ひげ》で……）

「なんや、これ、大黒《だいこく》さんに似てるわ」

お紗代は笑った。石に、愛嬌《あいきょう》のある大黒の姿を重ねた途端《とたん》、先ほどまで、胸の片隅にズンと居座っていた憂《うれ》いが、一瞬で吹き飛んでしまったような気がした。

庄吉も孝太も、驚いたように石を見てから、互いに顔を見合わせている。

「嬢はん、いくらなんでも、ただの石どすえ。大黒さんにも恵比寿《えびす》さんにも見えしまへん」

えっと顔を上げた時には、すでに辺《あた》りは青い宵闇《よいやみ》の中だ。

「あかん、急がな、お店が閉まってしまう」

慌《あわ》てて駆け出そうとした時、庄吉が呼び止めた。

「もう暗《くろ》うおす。わてが行きますわ」

「かまへん。あんたは、早《はよ》う大黒さんを庭へ置いておき」

いつの間にか、石の呼び名が「大黒」になっている。

お紗代は小走りで「亀甲堂」へ急いだ。幸い店はまだ開いていて、「鶴仙」を買うことができた。

「気ぃつけて帰りや」

顔見知りの店の主人が、心配そうに声をかけて来る。

「へえ、おおきに」

お紗代は店を出ると、高辻通を東へ向かった。鍛冶町通は目の前だ。右に折れて少し下れば「室藤」がある。

（本当に、すぐそこやのに……）

しばらく歩いて、お紗代は怪訝《けげん》な思いで立ち止まっていた。どこまで行っても、「室藤」は見えてこない。

「どうして……」

お紗代は茫然《ぼうぜん》とした。

（うち、迷子になったんやろか）

いくらなんでも、そんな筈はない。お紗代はきょろきょろと辺りを見回した。通り沿いには、飲酒や食事ができる店は幾つもある。いつもなら、店の名前の入った提灯《ちょうちん》がずらりと並ぶので、まだ人の通りも多い頃だ。

ところが、今夜はなぜか閑散としている。提灯に明かりもなく、昇《のぼ》ったばかりの十五夜の月が、東の空にぽかんと浮かんでいるだけだ。

お紗代は急に怖くなった。とにかく帰らなければならない。しだいに速足になり、やがて駆け出しかけた時、ふいっと鼻先で何かが薫《かお》った。桜の匂いだ。

はあはあと肩で荒い息をしながら周囲に目を配ると、突き当たりに雪洞《ぼんぼり》の灯《とも》った家が見えた。

ホッとして、お紗代は門に走り寄った。家は丁字路《ていじろ》の正面にあり、白壁の塀が左右に伸びている。門は格子戸《こうしど》になっていて、軒先に桃色の雪洞が吊《つ》ってある。門の柱には、柾目《まさめ》の分厚い杉板に、「花下亭《かかてい》」と、流れるような文字で墨書《ぼくしょ》されていた。料亭のようだ。夜桜の宴《うたげ》でもあるのか、鳴り物の音色《ねいろ》や、人々の騒《ざわ》めきも聞こえて来る。

格子を透《す》かして中の様子が見えた。そこには広々とした庭が続いていて、満開の桜の間を人々が散策している。三味線《しゃみせん》や琴の音色、鼓《つづみ》や太鼓《たいこ》、酒の匂いも漂《ただよ》い、楽し気《げ》な笑い声も響く。

(もう、桜が咲いているんやろか)

世間では、花はやっと蕾を付けたばかりだ。それなのに、ここの庭ではすでに夜桜の見物客で賑《にぎ》わっている。

ほんのりと暖かい夜風に、花はすでに散っているものもあった。

着飾った女たちが行き交《か》っていた。お紗代は、目の前を行き過ぎて行った女に声をかけようと、門の格子戸に触れた。

戸はぴったりと閉まっていて、ピクリとも動かない。揺すってみたが、ガタとも言わなかった。

「道を教えて欲しいんどす」

お紗代は、女に向かって呼びかけた。お紗代の声が聞こえたのか、女は足を止め、ゆっくりと振り向こうとした。その時だ。

肩先をいきなり摑《つか》まれ、グイッと強い力で引っ張られた。お紗代はその勢いによろめき、抱えていた徳利を落としそうになった。

「何をするんどすかっ」

慌てて足を踏ん張ると、思わず声を上げて振り返った。

目の前に一人の老人が立っている。背は低く、やや小太り。何やらころんとした印象だ。

茶人《ちやじん》なのか俳諧師《はいかいし》なのか、宗匠頭巾《そうしようずきん》をちょんと頭に乗せ、袖なしの羽織《はおり》を着ている。少し腰が曲がっていて、両腕を後ろに回していた。笑っているような少し垂れ気味の細い目、福々《ふくぶく》しい頰、両の耳朶《みみたぶ》が妙に大きい。

「今の、お爺《じい》はんどすか？」

お紗代は驚いて問い返していた。とても、老人とは思えない力だったからだ。

「その家に入ってはならぬ」

笑った顔つきのまま、老人はゆっくりと首を振った。

「それはよう分かってます。せっかく、皆さんが楽しゅうしてはるのに……」

お紗代は、さらにこう言った。

「せやけど、ここがどこなんか尋ねよう思うて」

「それを知って、どうするつもりじゃ」

お紗代の顔を、下から覗き込むようにして老人は聞いて来る。

「うち、家に帰る道が、分からんようになってしもて……」

思い切って理由を言ったが、恥ずかしさで顔が熱くなった。

（ええ年をした娘が、ちょっとお使いに出て、道に迷うやなんて）

遅くなって「室藤」に戻った時、藤次郎や他の皆に何と言い訳したら良いのだろう。

「ほほう、迷子になったか」

老人は頷《うなず》いた。

「ここがどこか分かれば、家へ戻れると思うたのじゃな」

「そうどす。そない遠くへ来た筈はあらしまへん」

それなのに、どうして家に帰れないのだろう。

改めてそのことを思うと、なんだか涙が出そうになった。

「さっき、うちに気づいてくれたお人に聞けば……」

「あの者等とは、目を合わせてはならぬ」

老人は厳《きび》しい声で言った。それでも、顔には笑顔が張り付いている。それが却《かえ》って不気味《ぶきみ》に思えた。

「わしが、家に連れて行ってやろう」

思いも寄らぬ親切な言葉に、お紗代は少しばかり驚いてしまった。

「『室藤』を知ってはるんどすか?」

(もしかしたら、お得意先の、どこかの商家のご隠居《いんきょ》さんやろか)

そんなことを考えていると、老人は右手を前に突き出すようにして、お紗代の胸元を指差した。

「その酒を、わしにくれるなら、すぐにでも家に帰してやるぞ」

「これは……」

一瞬、躊躇《ためら》った。藤次郎の好きな「鶴仙」だ。

「迷うことはあるまい。その酒と交換に家に帰れるのだ。酒など、また買いに行けば良い」

確かにそうだ。楽しみにしている職人等には申し訳ないが、今のお紗代にとって、家に戻れるかどうかが何より大事だ。

お紗代は徳利を老人に差し出した。

「お願いどす。家に帰れるようにしておくれやす」

老人は両手で徳利をさっと受け取ると、お紗代に聞いた。

「家は、どこじゃ?」

お紗代が「松原通鍛冶町上《あ》がる『室藤』」と言った時だ。老人の指先が、今度はお紗代の背後を示した。

「ほれ、そこじゃ」

「せやけど、ここは、さっきの『花下亭』……」

振り向いて、声を失った。そこは見慣れた「室藤」の家の前だったのだ。

しかも、まだ日も落ちてはいない。西の空には、わずかだが朱色の筋が残っていた。

「いったい、これはどういうことどす?」

問おうとしたが、つい今しがたまで一緒だった老人の姿は、目の前からきれいに消えてなくなっている。

「お帰りやす」

厨《くりや》に顔を出すと、お勢が料理の皿を膳《ぜん》に並べながら言った。お煮しめ、青菜の煮びたし、卵焼きに、豆腐《とうふ》の田楽《でんがく》……。どれもできたばかりのように、湯気《ゆげ》がほかほか漂っている。

「湯が沸いてますよって、燗《かん》を頼んます」

竈《かまど》の釜からも、湯気が上がっている。お銚子《ちょうし》も並んでいて、後は酒を移せば良いだけだ。

「鶴仙」の入った徳利は、しっかりとお紗代の胸に抱かれていた。

（あのお爺さんに、渡した筈やのに……）

不思議な思いで徳利の口の栓《せん》を抜いたお紗代は、思わず「あっ」と声を上げていた。

「どないしはりました？」

お勢が怪訝そうにお紗代を見ている。

徳利の中には、酒が一滴も入っていなかった。

（あのお爺さんが、飲んでしもうたんや）

だから、お紗代は家に戻れた？

（あれは夢やない。うちは、やっぱり道に迷って……）

「行くには行ったんやけど、店が閉まってたんや」

苦しい嘘をついた。事実を話しても、到底信じては貰えまい。

「お勢さん」と、そこへ、藤次郎の一番弟子の清造《せいぞう》が顔を出した。

「仕事が終わったんで『備前屋《びぜんや》』に挨拶に行ったら、御礼や言うて、祝い酒を貰《もろ》うた」

清造は嬉《うれ》しそうに言って、一升徳利を二つ、台所の入り口に置いた。

「備前屋」が今回の庭仕事の依頼主なのは、お紗代も聞いている。

「ああ、それはようおました」

お勢はほっとしたように言った。

「お酒が無《の》うて、困ってたところどす」

「嬢はんが、買いに出たんと違うんか？」

清造がお紗代に目を向ける。

「孝太と庄吉が家の前で会《お》うた、て言うてたんやが」

「それが、もう店を閉めてたんや、て。『亀甲堂』はんは、今日はいつもより店仕舞いが早《はよ》うおすなあ」

「すぐに燗をするわ。熱燗でええんやろ、清さん」

お紗代はお勢の言葉を遮《さえぎ》るように、慌てて台所に上がった。

「重たいさかい、俺がやろう」

清造が心配そうに声をかける。

「これぐらい、大丈夫や」

お紗代が徳利を抱えようとした時、清造が「おっ」と小さく声を上げた。

「嬢はん、どこに行ってたんや。髪にこないなもんが……」

お紗代の髷《まげ》にそっと触れて、清造は指先で何かをつまみ上げると、それを掌《てのひら》に載せた。

「ほれ」と差し出されたそこには、一枚の桜の花びらがある。

「まだ、どこも桜は咲いてへんのに……」

そう言って、清造は首を傾《かし》げた。

「ほんまや。どこなんやろ。うち、狐にでもつままれたんかも知れん」

お紗代は笑ってごまかした。

その夜、お紗代は、あの老人のことが気になって、なかなか寝付けなかった。

(何かに似ているような気がするんやけど……)

それが何なのか思い出せない。細い目が笑っているようで、下膨れの頬に、顎髭、大きな耳朶……。

(あれは、大黒様や)

ふと、そう思った。七福神《しちふくじん》の絵でよく見る、大黒天の顔だった。

(せやけど、なんで大黒さんが、うちの前に?)

その時、お紗代は孝太と庄吉が持ち帰って来た石のことを思い出した。

――なんや、これ、大黒さんに似てるわ――

そう言ったのは、お紗代自身だ。

(いくらなんでも、そないな事はあらへん)

石は石でしかない、と、お紗代は思い直した。

翌朝、お紗代は身支度《みじたく》を整えると、裏の井戸端《いどばた》に向かった。お勢が大根を洗っている。その傍《かたわ》らには、綺麗《きれい》に泥を落とされた青菜が、光を受けて艶々《つやつや》と輝いていた。

風呂の焚《た》き口の脇には薪《まき》小屋が、その隣には、お勢が丹精《たんせい》して作っている漬物《つけもの》の小屋が並んでいる。お紗代はお勢を手伝おうと井戸端へ行きかけ、ふと足を止めた。

薪小屋の入り口に、一枚の大きな板が立て掛けてある。杉板のようだ。気になったのは、その縦長の板に、何やら文字が書かれていたことだ。

「お勢さん、あの立派な板はどないしたん?」

尋ねると、お勢はよっこらしょ、と立ち上がり、両手を左右の腰に当てながら、お紗代の示す方向に顔を向けた。

「備前屋さんから、もろうて来たんやそうどす」

なんでも、以前の家の持ち主が門に掲げていた物だという。

「風呂の焚き付けにする、言うて、庄吉が置いて行きましたんや」

よく見ると、昨日見た荷車の中に積んであった板のようだ。お紗代は石の方に気を取られていて、板の方はあまり見てはいなかった。

「何か字が書いてある」

「昔は名の通った料亭やったそうどす。その店の名前どすわ」

お紗代は杉板に近寄った。大きさといい、柾目といい、昨日、見た家の門に掲げられていたのとそっくりだ。ただ、長年風雨《ふうう》に晒《さら》されていたためか薄汚れている。文字はかろうじて読めた。見覚えのある流れるような書体で、「花下亭」と書かれている。

（間違いあらへん）

やはり、これは昨夜の家の門に掛かっていたものだ。

「備前屋さんの依頼、て、どこの庭やった？」

洗い終えた大根を笊《ざる》に入れて再び立ち上がったお勢に、お紗代は尋ねた。

「昔は有名どころの料亭やったそうどすわ。場所は、油小路通《あぶらのこうじどおり》を北へ上がった所の、中長者町通《なかちょうじゃまちどおり》どす」

中長者町通は、南北に走る室町通《むろまちどおり》から西へ向かって伸びていた。幾つか通りを越えて、丁度《ちょうど》、油小路通と出会う場所で途切れている。昨日、お紗代が中長者町通を行ったとすれば、花下亭の前の丁字路は、南北に走る油小路通ということになる。

（なんで、うちはそないな所に行ったんやろ）

仏光寺からはかなり距離がある。夕暮れ時だ。道に迷ったお紗代が、混乱してやみくもに歩いたのかも知れない。

だが、帰る時はあまりにも呆気《あっけ》なかった。何よりも、時間は出かけた時からさほど経ってはいなかった。

(とにかく、もう一度行ってみよう)

お紗代はそう心に決めた。本当に、昨日《きのう》の家と同じなのかどうか、どうしても確かめてみたくなったのだ。


「孤月荘《こげつそう》」と書かれた扁額《へんがく》が、門の右の柱に掲げられている。その前に立って、お紗代は茫然《ぼうぜん》とその額を見つめていた。

昨日と同じに見える格子戸は、弁柄《べんがら》の朱で塗《ぬ》られている。広々とした庭も、玄関に続く敷石の並びも同じ気がした。

桜は、まだ蕾だ。

(昨夜は満開やったのに……)

目を閉じれば、鼻先を桜の匂いが撫《な》でて行くような気がした。三味線や琴の音色。よく響いていた小鼓や大鼓……。

今日も客はあるようだったが、人の騒めきや物音にもすべて現実味があり、違和感は微塵《みじん》もない。

「なんぞ用どすやろか」

背後で女の声がした。振り返ると、母親らしい女が、八歳ぐらいの女の子を連れて立っていた。その後ろには年配《ねんぱい》の女が、控えるように従っている。

年齢は二十代後半ぐらいだろうか。黒く艶やかな髪を島田《しまだ》に結い、扇面に桜の花をあしらった薄紅《うすべに》色の小袖に、黒地に赤い縞柄《しまがら》の帯を締《し》めている。物柔らかな笑《え》みをその顔に浮かべて、女はお紗代を見ていた。

慌ててお紗代は頭を下げた。

「うちは『室藤』の娘で、お紗代て言います」

「ああ『室藤』さんどすな。うちの庭普請をお願いした……」

よく知っているというように、女は頷いた。

「備前屋さんの御寮《ごりょう》さんどすやろか」

尋ねると、女は「お絹《きぬ》ていいます」と答えてから、訝《いぶか》しそうにお紗代を見る。

「庭は綺麗に造り直して貰いました。仕事は昨日で終わった筈やけど、今日はどないな御用件どす？」

「庭を拝見《はいけん》させて貰えしまへんやろか」

思い切って、お紗代は尋ねてみた。突然の申し出に御寮人《ごりょうにん》は驚いたようだ。

「すんまへん。ここはお庭がとても綺麗やて聞いてます。どないなもんか、どうしても見とうなって……」

半分は本心だ。庭師の娘としては、やはり名の通った庭には興味がある。

「よろしおすえ」

御寮人は快く承諾《しょうだく》してくれた。

「この家の庭は、料亭だった頃、それは有名やったて聞いてます。どうぞ、好きなだけ見て行っておくれやす。お珠《たま》……」

お絹は、女の子にそう声をかけた。どうやら娘のようだ。

「このお姉さんを、庭へ連れて行ってあげとくれやす」

「うん」とお珠は頷いて、お紗代の手を取った。

門を入ると、正面には母屋《おもや》の玄関口が見えた。飛び石がまっすぐ続いている。元々は料亭なので、おそらく庭を取り囲むように座敷や広間が並んでいるのだろう。

玄関口までやや離れているが、左側へ向かう飛び石がある。お珠はお紗代の手を引きながら、その飛び石づたいに歩いて行った。

庭木の種類は様々だった。立派な桜もある。だが、やはりまだ蕾を付けたばかりだ。咲いているのは、むしろ桃の花だ。雛祭《ひなまつ》りを思わせるように、若葉の間を桃の花が染めている。

柳の緑が映《は》える池もあった。池には朱塗りの欄干《らんかん》の橋が架《か》かっていた。

「ここに鯉《こい》を入れるんや」

橋を渡っていた時、お珠がそう言って池を覗き込んだ。

「たくさん、たくさん飼《こ》うて、毎日、お麩《ふ》を食べさせるんや」

嬉しそうな顔が、水面《みなも》で揺れている。何気《なにげ》なくそれを見ていたお紗代は、一瞬、胸を摑まれたようにドキリとした。

水に映っている顔が、お紗代とお珠のものだけではなかったからだ。

お紗代は顔を上げて、周囲を見た。当然、他には誰もいない。

「お珠、お茶が入ったえ。お姉さんを連れて戻っておいで」

座敷《ざしき》の縁《ふち》に立つ、お絹の姿が見えた。

「行こ」と、お珠がお紗代の手を握《にぎ》る。

「お姉ちゃん、お仕事があるのを思い出したんや。また改めて、ご挨拶《あいさつ》に参ります、て、お母はんにそない言うといて」

お珠の手をそっと外《はず》すと、お紗代は備前屋の庭から、逃げるように立ち去っていた。

急いで家に戻ったので、かなり息が上がっていた。お紗代は室藤の門の前で、一つ深呼吸をした。

一歩、門の内に入った途端、再び心の臓《ぞう》が飛び出しそうになった。いつの間にか、目の前にあの老人がいたのだ。

「あの家に行ったのじゃな」

老人は眉間《みけん》にグッと深い皺《しわ》を刻む。

「備前屋さんの庭に、何かがいてる」

お紗代は急いで老人に告げた。

「よう分からへんのやけど、あの庭はなんやおかしい」

(このお爺さんは、きっとあれが何か知ってる筈や)

お紗代はさらに言葉を続ける。

「昨日も、なんや変やったんや。皆、夜桜見物をしてるみたいやった。せやけど、備前屋さんの庭の桜はまだ咲いてへん。お爺さんは、何か知ってはるん?」

「時が迷うておるのじゃ」

しばらくして、老人はぼそりとそう言った。

言葉の意味が分からず、お紗代は無言で老人を見つめるばかりだ。

「人の一生は、時の積み重ねでできておる」

老人は語り始めた。

「つまり人の過ごす『時』とは、一瞬一瞬の思い出の連なりなのじゃ。庭は、人の傍らに常に寄り添っておる。そのため、人の思い出を写し取ってしまうのじゃ」

お紗代は首を傾げた。老人の話は、どうもよく分からない。いや、そもそもこの老人こそが怪しいのだ。

「お爺さんは、いったい誰なん？」

まず、それを知るのが先だった。

灰色の眉の下の細い目が、きらりと光った気がした。

「大黒じゃ」

「大黒、て、あの七福神の大黒様？」

神様だとでもいうのだろうか。お紗代はすっかり面食《めんく》らってしまった。

「なんで、うちの前に大黒様が？」

「名付けたのは、お前さんじゃ。昨日、わしが荷車に載せられていた時……」

孝太と庄吉が引いていた、あの荷車……？

「あれは、ただの石やった」

石は石でしかないのだ、そう思っていたのだが……。

「うちが名付けた、て、言うのんは？」

「お前さんが、わしをそう呼んだ。だから、わしはその姿を借りたのじゃ」

「せやったら、もし、うちが『弁天《べんてん》さんや』て言うてたら？」

「その時は、ほれ」

と、老人は両手を広げた。

「お前さんの、頭の中の弁天とやらで現れたじゃろ」

ふと、その姿の方を見てみたいと思ったが、あの時は、大黒天しか頭に浮かばなかったのだ。

「それで、お爺さんは、何もんなん？」

最初の問いかけに戻る。いずれにしても、七福神とは関わりはなさそうだ。

「わしは、あの庭の時標《ときしるべ》の石じゃ」

時標石……。お紗代は胸の内に呟《つぶや》いた。

「道標がなければ、人も迷うであろう？　昨日のお前さんのように」

老人の言葉に、お紗代は頷いた。

昨晩の事も良く分からない。なぜ、家とは全然別の方向へ行ってしまったのか。

「あの庭で、お前さんが見たのは、花下亭であった頃の、時の思い出の断片じゃ。しかも、客等は楽しむためにあの店を訪れた。そんな庭は、良い思い出で満ち溢《あふ》れておる」

確かに、彼らは実に楽しそうだった。大人だけではない。幾人か、はしゃいでいる子供の姿もあった。

「わしはこれまで、時が迷い出ぬよう、抑《おさ》えておった」

だが、備前屋は、その「時標石」を捨てようとした。

「お爺さんがいないと、どないなるの。時が迷うと、何か困ることでもあるん?」

うむ、と老人は大きく頷いた。

「お前さんのように、時の思い出を見てしまう者もおるじゃろう」

「目を合わせるな、て、うちに言うたのは?」

お紗代は、初めて会った時の老人の言葉を思い出していた。

――その家に入ってはならぬ――

――あの者等とは、目を合わせてはならぬ――

「人の残した楽しい思い出に誘われれば、誰しもそこへ行ってみたくなるものじゃ。目を合わせれば、思い出はこちらに気づく。一緒においで、と言われれば、断れるものではあるまい。何しろ、そこは実に美しく、楽しい所なのじゃから」

「もし、その庭に入ったらどないなるん?」

「取り込まれて、出られなくなる。時の思い出の中の一人になってしまうのじゃ」

あの時、もし客の誰かに招かれていれば、お紗代も庭に踏み込んでいたかも知れない。

「ええ思い出だけやない筈や。人が暮らしてるんやもの。悲しいことや、辛《つら》いことや、嫌なことかてある」

するど老人は、ゆっくりとかぶりを振った。

「考えても見よ。良くない思い出には人は近寄らぬ。たとえ、悪い時の思い出が迷ったとしても、これを抑える必要などあるまい」

(言われてみれば……)

そんな場所ならば、人の方が避けて通る。

「せやけど」と、お紗代は改めて老人を見た。

「うちがあの晩、備前屋へ行ってしもうたのは?」

それが、どうしても分からない。

「わしが捨てられた後のことじゃ。すでに呼ばれておったのかも知れん」

老人は、灰色の眉の下から覗《うかが》うようにお紗代を見る。

「お前さんは、どうやら、呼ばれやすい性質《たち》のようじゃの」

「呼ばれやすい、て、どういうこと?」

「この世とあの世。この二つの世ははっきりと分けられておる。じゃが、たまにその境目《さかいめ》にいて、二つの世を行き来してしまう者がおるのじゃ。その証《あか》しに、ほれ」

と、老人はお紗代の前でくるりと回ってみせた。

「石のわしに、このような姿を与えたではないか。大黒、とやらに」

そう言って、老人はどこか満足そうに笑った。

「お陰で、お前さんともこうして話ができる」

「お爺さんを備前屋さんの庭に戻せば、何も起こらへんの」

尋常《じんじょう》でないことが起こると分かっている庭を、やはりそのままにはしておけない。

「わしが標《しるべ》となって、時を在るべき場所へ戻す。人の世に関わらぬように……」

しかし、それをどう伝えれば良いのだろう。備前屋に、標石の意味が分かるとは到底思えない。

「とにかく、方法を探してみる」

と、お紗代は老人に言った。

今気がかりなのは、お珠のことだ。池の水面に見えた幾つもの顔は、お珠と同じぐらいの子供のものだった。

（もし、お珠ちゃんに何か良くないことでも起こったら……）

それを思うと、やはり知らぬ顔はできない。

「大黒石を庭のどこに置いたらええの」

するると、老人はすかさずこう答えた。

「庭にある池に架かっておる橋の、丁度真ん中じゃ」

「それやと、邪魔になる」と言いかけて、お紗代は慌てて言葉を変えた。

「どうして、そないな所に？」

「庭の中心だからじゃ」

老人は、それがどうしたと言わんばかりの口ぶりだ。普通、そんな所に石は置かない。備前屋がすぐに捨てようと考えたのも頷ける。

「それで、お爺さんは、今、どこにいてはるの？」

お紗代が尋ねた、その時だ。

「嬢はん、そこで何をしてはるんどす？」

慌ててその方を見ると、大きな板を抱えた庄吉が立っていた。

「一人で、何をぶつくさ言うてはるんどす？」

「あんたこそ、その板、どないしたん？」

返事に困ったお紗代は、反対に問い返した。

それは、薪小屋の入り口に置かれていた、あの花下亭の看板だった。

庄吉は板を抱え直すと、板の表面をお紗代に向ける。

「棟梁が、井戸端へ持って来い、て、そない言わはって……」

「お父はんは、この看板、どないする気やの？」

するると、庄吉は「さあ」と言うように首を傾げた。

「棟梁に、花下亭の看板はどないしたんや、て聞かれて……」

——へえ、割れば薪になるさかい、貰《もろ》うて来ました——

答えた庄吉に、藤次郎はしばらく考えてから、「井戸端まで持って来い」と言ったのだ。

「この看板に、何かあるんやろか」

今は備前屋のものだが、あの庭はかつて花下亭の庭だった。その庭には、時標石を捨てたせいで、時の思い出が彷徨《さまよ》っている……、らしい。「花下亭」の看板は、その「時の思い出」を象徴《しょうちょう》しているようにも思えた。

「花下亭の庭は、室藤の先代が造《つく》ったんやそうどす」

先代、ということは、お紗代の祖父だ。

「うちが持って行くわ」

お紗代は咄嗟《とっさ》に言った。

「重とうおすえ」

驚いたように、庄吉はお紗代を見る。

「かまへん。さあ、早《はよ》う」

お紗代に促されて、庄吉はやや心配そうな顔でお紗代に看板を渡した。

左右の手で両端を持つと、ずしりと重みが肩に掛かった。

「ほんまに大丈夫どすか?」

「大丈夫や」と答えて、井戸のある裏庭に向かったお紗代は、すぐに足を止めて庄吉を振り返った。

「備前屋の庭から持って来た石、あれ、どないした?」

確か、庭のどこかに置かれている筈だ。

「お勢さんが持って行かはりましたえ」

「お勢さんが……?」

お紗代は怪訝な思いで首を傾げる。

「荷車から道具を降ろしてた時に、丁度、お勢さんが来はったんどす。石を見るなり、それをくれ、て言わはって」

「石を、どないしはったんやろ」

「漬物石に使うそうどす」

お紗代は啞然《あぜん》とした。確かに、お勢は漬物上手《じょうず》だ。薪小屋の隣に漬物小屋まである。

(時標の石を、漬物に使《つこ》うてるなんて……)

少し滑稽《こっけい》だったが、これで大黒石の所在《しょざい》は分かった。

井戸端では、すでに藤次郎が待っていた。

「お父はん、花下亭の看板、持って来たえ」

お紗代は慎重《しんちょう》に看板を下ろした。

「庄吉に運ばせたらええのに。重たかったやろ」

藤次郎は労うように言った。いつしか辺りは薄暗くなっている。

藤次郎は看板を倒すと、井戸の水を汲《く》んで、ザバッと掛けた。水しぶきが跳《は》ねて、お紗代の裾《すそ》を濡らす。お紗代は二、三歩、後ろに下がった。

「手元が暗いやろ。明かりを持って来ようか？」

だが、藤次郎は「かまへん」と言って、手拭《てぬぐ》いで板の面を拭き始めた。

「それ、そないに大事なもんなん？」

「花下亭は親父《おやじ》が受けた仕事や。わしが二十三歳の時やった」

藤次郎は今年、五十歳になる。ならば二十七年も昔の話だ。

やがて、綺麗に拭《ふ》きあげた杉板を、藤次郎は井戸に立て掛けた。

流れるような筆跡《ふであと》の「花下亭」の文字は、お紗代が昨晩見た物と同じだ。汚れは取れたが、板はすっかり古びている。

「なかなかの大仕事やった。春先から取り掛かって、終わったのは秋や。花下亭は年明けに店開きをした。年に四度、季節ごとに庭を整《ととの》える。庭目当てに来る客も多うてな。お陰で、『室藤』の名は一気に上がった」

夜風がほわりと温かい。どこかで咲き始めているのか、桜の花が匂っている。雲のない空では、十六夜《いざよい》の月が二人の話を聞いていた。

「この看板を捨てるて聞いてな。どうしても残しとうなった。この字を書いたんは、わしの親父なんや」

「お祖父《じい》はんの字……」

お紗代はそっと手を伸ばして、墨の跡を辿る。

「器用な人でな。字も書けば、俳諧もする。それに、何やら占いのようなこともやってはったわ」

「占いて、あのお祖父はんが……」

お紗代の思い出の中の祖父は、日当たりの良い縁側で、よく煙管《キセル》を咥《くわ》えて庭を眺めていた。幼いお紗代を膝の上に座らせ、花木の名前を教えてくれたこともある。

「占い、いうても、庭の相《そう》を見るだけや。どないな造作《ぞうさ》にしたら、その家の家運がようなるか、とか、悪運を避けられるか、て、そないなことや」

「せやったら、お父はんも庭の相が分かるん」

するとと、藤次郎はハハッと声を出して笑った。

「わしには、そこまでの知識はあらへん。庭は四季《しき》折々に、人の心を和《なご》ませ、楽しませるもんや。それで、よう親父と喧嘩《けんか》になったわ」

「どういうこと？」

「わしには、一つ、どうにも分からんことがあった」

藤次郎はしみじみと看板を眺めながら言った。

「どう考えても、そこは違うやろ、て思う所に、親父は石を置きよるんや」

「石？　石、て、どないな石？」

お紗代は思わず身を乗り出した。

「どないな、て、河原かどこかで拾うて来たような、なんの変哲もない石や。どこにも美しいて思うところは一つもない。それを、どうしても、て言うて、庭の丁度真ん中に置こうとするんや」

それが、目立たない場所ならば問題はない。家主も気づかないからだ。

「しかし、この花下亭の時は……」

と、藤次郎はかぶりを振る。

「よりによって、池に架かる橋のど真ん中やった」

「歩くのに邪魔になる所？」

「せや。花下亭の主人とは、それで揉《も》めた」

先代の藤弥《とうや》は、「この石は、どうしてもいるんや」と言い張って、決して譲ろうとはしなかった。

「あまりにも頑固《がんこ》やさかい、花下亭の主人の方が、とうとう折れてしもうた」

「花下亭は、その後、どないなったん？」

「よう繁盛《はんじょう》したわ。六年ほど前に妻女に先立たれたのをきっかけに、店を畳《たた》まはった。跡を継ぐもんがいてへんさかい、嫁いだ娘さんの所で余生《よせい》を送ってはった。それが、先だって亡《の》うならはってな。いつまでも空《あ》き家にしておく訳にもいかんさかい、娘さんも、売ることにしたそうや」

それを大坂の備前屋が買った。京に店を出すついでに、家族を住まわせる家を探していたのだ、と藤次郎は言った。

「お祖父はんから、時標の石のこと、聞いてはらへん？」

お紗代は思い切って尋ねてみた。

「ときしるべの石、やて？」

藤次郎は怪訝そうな目を、お紗代に向けた。

「聞いたかも知れん。聞いてへんかも知れん。時々、訳の分からんことを言うてたさかい、あんまり本気では聞いていなかったんや。今から、思うと……」

藤次郎は少しばかり寂しそうな顔をする。

「もっとしっかり聞いておけば良かった。まさか、あないに急に逝《い》くとは、思わへんかったさかいな」

祖父の藤弥は、五十五歳で亡くなった。黒松の枝を整えていて梯子《はしご》から落ちた。運悪く、落ちた場所に庭石があり、頭を打ったのが死因だった。

「お祖父はんは、庭を造る時に、いつも中心に石を置いてはったん？」

「それがなあ」と、藤次郎は、どこか煮え切らない顔をする。

「いつも、て訳やないんや。それで、余計に分からんようになった。置かないとなったら、置かへんくせに、いざ、置くとなったら家主と喧嘩してでも置きよる」

さすがに藤次郎も、藤弥がそこまで拘る理由を聞いた。すると……。

――庭てもんは、人と同じや。喜んだり、悲しんだり、苦しんだりする。それやったら、かまへんのや――

「何があかんの？」

「『楽しいだけの庭や』て、そない言うんや。楽しゅうて、心が躍《おど》って、いつまでもいたくなる。つまり極楽《ごくらく》みたいな所や。そないな所は、人を惹《ひ》きつける。『魔』てもんは、決して、『鬼』の顔だけを持ってるもんやあらへん、て……」

「お祖父はんには、『庭の魔』が見えてはったんやろか」

お紗代は何気なく呟いた。

「せやなあ。わしには見えんもんが、見えてたんかも知れんなあ」

そう言って、藤次郎は視線を再び看板に向けた。


それから三日ほどが経った。その間、お紗代は、備前屋に大黒石を戻す方法ばかり考えていた。

石の在り場所は分かった。しかし、早々《そうそう》に持ち出せば、お勢が探すだろう。漬物石として、重さや形が丁度良いらしい。そんなことを庄吉に言っているのを、お紗代は聞いた。

四日目の朝のことだ。備前屋から使いが来た。番頭《ばんとう》だと名乗り、何やら庭のことで揉めていると言う。

座敷に通された番頭は、藤次郎と清造を前にして語り始めた。茶菓を出しに来たお紗代も、縁側で耳をそばだてる。

「ええ庭を造ってくれた、言うて、旦那様《だんなさま》は喜んではりました」

備前屋は庭に満足しているらしい。ところが……。

「深夜、庭が妙に騒がしゅうなるんどす」

最初は、住み込みの使用人の口から広がった。

「人の話す声やら、時には、三味線やら鳴り物の音。何やら宴席《えんせき》でもあるような賑わいやのに、見に行くと、誰もいないどころか、物音一つ聞こえて来《き》いしまへん」

それが、庭が完成した夜からずっと続いているのだ、と言う。

建物の修理を終えると、すぐに備前屋は大坂から家族を呼び寄せた。庭が荒れていても、住むのには不自由はしなかったし、いろいろと注文を付けることもできたからだ。

実際、残されていた庭木や石や岩の選別にも、主人自ら立ち合った。

「せやけど、皆が皆、という訳やあらしまへん。旦那様は、気のせいやて言うてはったんどすけど……」

ところが、昨日、ついに事件が起こった。

「嬢《とう》はんが、おらんようになってしもうて……」

番頭はそわそわと落ち着かない様子だ。

「攫《さら》われたんどすか？」

ただ事ではない、と藤次郎は顔色を変えた。清造もぐっと身を乗り出している。

お紗代も、思わず座敷の中に膝を進めてこう言った。

「嬢はん、て、お珠ちゃんのことどすか？」

「知ってはるんどすか」

番頭が戸惑いを見せて言った。藤次郎も清造も、驚いたような視線をお紗代に向けた。

「先日、御寮さんと一緒にいてはるところを、お見掛けしました。お珠ちゃんが、庭を案内してくれはったんどす」

「なんで備前屋さんの庭を？」

呆気に取られたように藤次郎が尋ねた。

「うちかて庭師の娘や。室藤がどないな庭を造ったんか、気になってたんや」

それからすぐに、お紗代は番頭に向き直った。

「ほんまに、お珠ちゃんは攫われたんどすか？」

それならば、町方《まちかた》が動く筈だ。

「それが」と、番頭は言いにくそうに俯《うつむ》いた。

「嬢はんは、庭でおらんようになった、て、子守りが言いますねん」

お珠はあの庭がすっかり気に入っていた。あちらこちらを走り回り、子守りの女中を相手にかくれんぼをしていた。

「ところが、つい昨日、急に『お友達が呼んでる』て、そないな事を言うて駆け出して行ったんどす」

慌てて後を追った女中が言うには……。

「池の橋で姿を見失《みうしの》うた、て……」

番頭は困惑《こんわく》したように、お紗代等の顔を順繰りに見る。

「こないな事、信じて貰えるかどうか、分からしまへんねやけど」

お珠の姿は、橋の中ほどで、すうっと……。

「消えた、て、そない言わはるんどすか？」

問い質《ただ》しながらも、お紗代は納得していた。あの大黒石が言っていたのは、こういうことだったのだ。

「嬢はんは、ようあの池に行ってはりました。鯉が入るのをそれは楽しみにしてはって。水辺には一人で行ったらあかん、て、御寮はんも言うてはったんどすけど」

——池に、お友達がいてはるねん——

「何やら、そないなことを口にしはって……」

あの時や、と、すぐにお紗代は思い出した。二人で橋の上から池を見ていた時、水面《みなも》にはお紗代とお珠以外にも、幾つか顔が映っていた。その中には、確かに何人か子供の顔もあったのだ。

（目が合《お》うたんや）

お珠はあそこで、時の思い出に引き込まれた……。

「まさか、池に落ちたて、ことは？」

清造が焦りを見せて、藤次郎に言った。

「そない深い池やない。せいぜい二尺（約六十センチ）かそこらや」

「せやけど、小さい子供やったら、水が浅《あそ》うても溺《おぼ》れます」

清造の言葉に、番頭が否定するようにかぶりを振った。

「池やったら、すぐに総出で浚《さら》えました。庭中、皆で捜ししたんや。あの庭は、すべて土塀で囲ってあります。出入りは表と裏の門だけどす」

「塀も古いやろ。壊れてるところは、あらへんかったんか」

藤次郎が清造に聞いた。

「いえ、すべて新しゅう直してます。今は綺麗な白壁の塀どすわ。子供が乗り越えられる高さやおまへん」

「うち、備前屋さんへ行って来る」

お紗代は立ち上がった。

「お前に何ができるんや」

藤次郎が咎《とが》めるように言った。

確かにそうや、とお紗代は思った。誰の目にも、お紗代は無力に見えるだろう。

それでも、きっと……。

「いいや、うちにしかできひん」

お紗代は強い口調《くちょう》で言い切った。

「うちと、それと、お祖父はんの時標の石にしか、できひんのや」

玄関から表に出たお紗代は、すぐに庄吉を捜した。幸い庄吉は薪割りの最中だった。お勢に頼まれたようだ。

「すぐに漬物小屋から、この前の石を持って来て……」

「この前の石、て、あの、備前屋さんの庭にあった？」

「せや、あれがいるんや。うちはこれから備前屋さんへ行く。あんたは、あの石を持って後から来て」

「どないしはるんどす。あないな石を……」

「あんた、石に頼まれてたやろ。戻せ、て……」

——も……ど、せ……、もど……、せ……——

「嬢はん、あれは、ただの気のせいどすえ」

庄吉は呑気《のんき》な顔で笑おうとする。

「かまへんさかい、言う通りにして」

お紗代はそう言い残すと、急いで室藤を後にした。

備前屋では、お絹が半狂乱《はんきょうらん》になっていた。それを主人の備前屋が宥《なだ》めている。

「庭にいてる筈はあらへん。お珠は誰ぞに攫われたんや。早《はよ》う、町方へ訴えておくれやす」

「せやけど、お珠は庭のどこかにいるんや」

困惑顔で、備前屋は言った。

「お静《しず》の目の前で消えたんや。町方に言うても、信じはらへんやろ」

「お静が嘘をついてるんや。お静が、お珠を隠したんや」

お静というのが、子守りの女中の名前なのだろう。

「堪忍《かんにん》しとくれやす。堪忍しとくれやす。うちが目を離したばっかりに……」

お静は二人の傍らで、泣きながら何度も詫《わ》びている。

「備前屋さん、室藤から参りました」

玄関先で、何度か声をかけても誰も出て来なかった。仕方なく、お紗代は勝手に上がり込むことにしたのだ。

「番頭さんから事情は聞いてます」

備前屋の主人もお絹も、突然現れたお紗代を、茫然として見つめるばかりだ。

「うちを覚えてはりますか？」

お紗代はお絹に視線を向けた。お絹はしばらくしてから、やっと「へえ」と頷いた。

「うちの庭を、見に来てはったお人やな」

「そうどす。あの時は、お珠ちゃんに案内して貰いました」

備前屋は不審そうに、お紗代に言った。

「それで、室藤の娘が何の用や。わては棟梁に会いに行かせたんや。庭に何かあるんやったら、庭師が責《せき》を負うもんやろ」

子供の行方《ゆくえ》知れずまで庭師のせいにされてはたまらない。お紗代はそう思ったが、口には出さなかった。

「その責を負うために来たんどす。お珠ちゃんは、うちが必ず見つけますさかい、安心しておくれやす」

「そこまで言わはるんやったら、必ず見つけて貰いまひょ」

備前屋も必死の形相《ぎょうそう》だ。

「見つからへんかったら、室藤のせいや。こないな『神隠《かみかく》しの庭』を造ったんやさかい」

備前屋は声音《こわね》を強めて言った。

「分かりました。せやけど、うちの頼みを一つだけ聞いておくれやす」

「なんや」と備前屋は険《けわ》しい顔を向ける。

「やす」

「後で室藤の職人が石を持って来ますさかい、それを橋の真ん中に置かせておくれ
　お紗代は即座《そくざ》に応じた。

「ほな、そうさせて貰います」

「そないなもん、どこに置いたかてかまわへん。それでお珠が見つかるんやったら、どないな所にでも置いてくれ」

「い、し?」と、備前屋は呆れたように繰り返した。

「石を一つ置かせて貰います」

　庭に出た。静かな春先の昼下がりだ。空は晴れて風も心地《ここち》よい。池の辺《ほとり》の柳の緑が、目に染みるほど美しい。

（お珠ちゃんは、今、どこにいてはるんやろ）

　この前、お紗代が見た夜桜の宴の席なのだろうか。それとも、桃の花の咲き誇る下を、子供たちと遊んでいるのだろうか。

　きっと、そこはとても楽しい所なのだろう。いなくなった我が子を求めて、狂いそうなほど泣き叫ぶ母親のことも、心配のあまり、他人に恨《うら》みをぶつけるしかない、父親のことも……。自分が悪いと己を責め続ける、お静のことも、すべて知ら

ないまま……。

　おそらく、そこは一瞬の時の中なのだ。その一瞬の時の思い出に囚《とら》われて、お珠もまた思い出の一部になろうとしている。

「庭の魔」は、「鬼」の顔をしていない……。

（お祖父《じい》はんの言う通りや）

「鬼」ならば、皆、近寄らない。怖がって逃げて行くだけだ。

（どうしたら、助けられるんやろう）

　庄吉がじきに石を届けに来る。その石を橋の真ん中に置けば、すべては上手《うま》く行くのではないか、そう思った時だった。

「そない簡単には行かへん」

　橋に差し掛かった時、ふいに隣に人の気配《けはい》がした。

　随分《ずいぶん》と背が高いのが分かった。思わず顔を向けようとした時だ。

「見るんやない」と、男の声が言った。

　低いが良く通る声だ。聞き覚えがある。

「もしかして、お祖父はん？」

　それは、幼い頃に聞いた祖父の藤弥の声に似ていた。藤弥はお紗代が三つの時に亡くなっていた。

「お紗代、大きゅうなったな」

藤弥の声は満足そうだ。

「どうして、お祖父はんがここにいてるの？　それに、見るな、て言うのは……」

お紗代は声を呑む。

――時の思い出の中の者と、目を合わせてはいけない――

そういうことか、と納得した。すでに、お紗代は時の中にいるのだ。

「お祖父はんも、幻なん？」

「この庭は、わしが造った。庭はわしのことを覚えているんや」

「時の思い出、ていうのんは、人やなく、庭の思い出なん？」

庭にとっては、藤弥は親のようなものなのかも知れない。己を造った者のことも、その記憶に留めているのだろう。

「まるで、庭が夢を見ているみたいや……」

「人が喜ぶと庭も喜ぶ。庭は人が楽しんでいる姿を見るのが好きなんや。そうして、その時々の瞬間を、庭は思い出として取り込む。せやけど、それは庭の話や。たくさんの思い出が、人の世に現われれば混乱を招く。その楽しさに引き込まれて、庭に囚われてしまう者かて出て来るんや。せやさかい、怖ろしい」

「お珠ちゃんが、ここにいてる。どないしたら助けられるの。時標の石を置くだけではあかんの？」

「時標の石を置く前に、連れ出さねばならん」

藤弥は厳しい声で言った。

「置いたら最後、思い出と共に封じられてしまうんや」

「石は庄吉が持って来ることになってる。その石を置く前に助けなあかんのやな」

だが、お珠はどこにいるのだろう？　どう見ても、ここにいる思い出は藤弥だけだ。

その時、「橋から飛び込むんや」と藤弥が言った。

「この池に？」

お紗代は躊躇いながら水面を覗き込んだ。確かに、そこには幾つか人の顔のような物が揺れている。

「怖がらんでええ。わしがついとる」

藤弥の言葉に、お紗代は思い切って欄干から身を乗り出した。

「お珠ちゃん、今、迎えに行くさかい」

（ありがとう、お祖父はん）

水に落ちた瞬間、思ったよりも深いことに気づいた。お紗代の身体《からだ》はどこまでも沈んで行く……。

思わず息を止めた。呼吸が苦しくなった頃、子供の笑い声が聞こえて来た。

ぷはっと息を吐《は》いた時、辺りは穏やかな風の吹き渡る春の庭に変わっていた。

お紗代は池の辺にいた。池に入ったのに水に濡れてもいない。

花下亭の桜はすべて満開で、薄紅色の雨の中にいるようだ。

最初、お紗代が備前屋の門から眺めたのは、夜桜見物の真《ま》っただ中だった。だが、今は昼間の観桜《かんおう》の宴が行われているらしい。

赤い毛氈《もうせん》が敷かれた上では、琴や三味線も奏《そう》され、また茶も振舞われていた。

裕福な商人風の男や、その家族と見られる女たちが庭を散策している中、十歳に満たない子供が数人、走り回っている姿も見えた。

花下亭では、季節ごとにこうした行事《ぎょうじ》の集まりがあったのだ。客は座敷で豪華《ごうか》な料理に堪能《たんのう》した後、庭で一時《ひととき》を過ごす。

人が楽しんでくれると、庭も喜ぶ。その庭に命を吹き込むのが庭師だ。それを思うと、お紗代はなんだか誇らしい気持ちになった。

しかし、人のいなくなった庭はどうなるのだろう。花下亭はすでに無い。客の訪れなくなった庭は、もはや死んだも同然だ。

かつての華やかだった己の姿に思いを馳《は》せ、庭もまた夢を見る。人の残して行った思い出の欠片《かけら》を、一つひとつ繋《つな》いで行きながら……。

その時、風車を手にした男の子が、お紗代の前を駆け抜けて行った。その後を、同じ年齢ぐらいの男児や女児が数人、笑い声を上げながら追っかけていた。

その中に、お珠の姿もある。

「お珠ちゃん」

お紗代は呼びかけたが、お珠の方は振り向きもしない。子供たちは、追いかけっこをしながら、池の周りをぐるぐると回っている。

お紗代はなんとかお珠の注意を向けようとした。手を振ってみたが、他の子供と目が合いそうになり、慌てて視線をそらした。

お紗代は、子供等の行く方向へ先回りをすると、走って来るお珠を両腕で抱き止めた。

「お珠ちゃん、帰ろう。ここにいたらあかん」

だが、お珠はお紗代の腕の中で、激しく暴れる。

「いやや、まだ遊ぶんや。離してっ」

眉間に皺を寄せ、怒ったように顔を歪《ゆが》めるお珠は、最初に会った時とは別人のようだ。

なんとか宥めようとしていると、いつしか子供等に取り囲まれているのに気づいた。

「お姉ちゃん。お珠ちゃんを離して上げて。うちらと遊んでいるんやさかい……」

「せや、邪魔せんといて」

「遊んでいるんや。意地悪《いじわる》せんといて……」

お紗代を咎める子供等の目が、まるで全身に突き刺さるようだ。

お紗代はひたすら下を向き、お珠を抱きしめているしかない。

「嬢《とう》はん、そないなところにいてんと、こっちへ来やはったらどうどすえ」

優し気な女の声が、背後で聞こえた。

「子供等は仲良うしてんのやさかい、放っておいたらよろしおす。こっちでお茶でも飲んでおくれやす。菓子《かし》もありますし、女同士の話も楽しゅうおすえ」

「いえ、うちは、結構ですよって……」

お珠を押さえるのに必死になっていたお紗代は、思わず振り向きかけた。

その時だ。

「見たらあかんっ」

鋭い声が、お紗代を止めた。藤弥の声だ。姿を捜しかけて、すぐにやめた。

「お祖父《じい》はん、うちは、どないしたらええんや」

誰もいない所へ向かって、お紗代は声を上げる。

「池に飛び込め。来た道が、帰る道なんや」

その声に、お紗代はぎゅっとお珠の身体を抱くと、無我夢中で池の中に身を投じていた。

「ひえーっ」

いきなりの悲鳴だった。気がつくと、お紗代は橋の上に立っていた。片手で、しっかりとお珠の手を握りしめている。目の前で、庄吉が腰を抜かしたようにへたり込んでいた。

「嬢はん、今、どこから現れたんどすかっ」

見ると、橋の真ん中には、あの時標の石が置かれている。

「おおきに、庄吉。ちゃんと、石を戻してくれたんやな」

お紗代が礼を言っても、庄吉はすぐには声も出ない様子だ。

「お珠、お珠」

娘を呼ぶお絹の声がする。備前屋の夫婦が、こちらに走って来るのが見えた。

お珠は、ぽかんとしたようにその場に立ち尽くしている。

「お珠ちゃん、お姉ちゃんのことが分かる？」

尋ねると、お珠は「うん」と頷いて、にっこりと笑った。

「今まで、どこにいたのか、覚えてはる？」

お珠はうーんと考え込む仕草をしてから、「ううん」とかぶりを振る。それから、すぐに母親の方へと走り出して行った。

その小さな手には、しっかりと風車が握られている。その風車の意味を、お珠は覚えてはいないだろう。だが、庭は決してお珠を忘れない。時の思い出の中に、永遠に残り続けるに違いない。

「ようやったな」

そんな声が聞こえた。よほど驚いたのか未だ立ち上がれずにいる庄吉の傍らに、あの大黒石の老人がいる。

その横には、五十代半ばぐらいの背の高い男が、並ぶようにして立っていた。姿は陽炎《かげろう》のように揺れてはっきりとはしない。それでも、お紗代にはそれが誰なのか分かっていた。

男の声が聞こえた。

「よう、がんばったな、お紗代」

それは、お紗代の思い出の中に残る、懐《なつ》かしい祖父のものだ。

「おおきに、お祖父《じい》はん。うちを助けてくれて……」

涙のせいか、その姿はしだいに霞《かす》んで行き、やがて見えるのは、橋の真ん中にでんと居座《いすわ》る大黒石だけになっていた。

その時、頭の中に、石の老人の声が聞こえた。

――お前さんは、ほんまにようやってくれた。今のは、わしからの礼じゃ。お陰で、わしは務《つと》めを果たすことができる――

思い出の庭の中では、祖父の姿を見ることは許されなかった。お紗代のために、藤弥は庭の記憶の中から、助けに来てくれたというのに……。

（おおきに、大黒さん。最後に、お祖父はんに会わせてくれて）

お紗代は、胸の内で呟いた。

「しっかりしいや」

お紗代は涙を拭うと、庄吉を助け起こした。

「嬢はん、いったい、何があったんどすか？」

「お珠ちゃんを見つけて来たんや。あんたも見てたやろ」

「へえ、それは、そうどすけど。なんや、いきなり現れた気がして……」

やっと落ち着いたのか、庄吉はしきりに首を捻《ひね》っている。

「阿呆やなあ。そないな事、ある筈ないやろ。夢でも見たんやないか」

「夢、どすやろか」

どうも納得がいかない様子だ。

「夢を見てたんは、あんただけやない」

お紗代は庄吉に言った。

「お珠ちゃんも、うちも同じじゃ。せやけど、ずっと夢を見ているんは……」

きっと花下亭の庭なのだろう、と、お紗代は思った。

其の三

人《ひと》恋《こい》の庭

一陣の風が木々の間を通り過ぎた。風に裏返された蓬《よもぎ》の葉が、銀色の波となって寄せては引いて行く。四月も、衣替えを終えてから四日目ともなると、初夏の気配《けはい》が室藤《むろふじ》の庭に漂《ただよ》い始める。

庭師「室藤」には、自慢の藤棚があった。薄い紫色の花房《はなぶさ》が、濃い緑の葉の間から垂れ下がり、その甘い濃厚な匂いは、家の中にまで入り込んでいた。

大きな熊蜂《くまんばち》が数匹、花房の間を飛び交《か》っている。豆の花に似たその一つに、すっぽりと頭を突っ込んで蜜《みつ》を吸っていた。

丸いお尻が花びらから突き出ている。その姿があまりにも可愛《かわい》らしく、眺めていてもいっこうに飽きない。

池の辺《ほとり》の菖蒲《しょうぶ》の花が、次々に蕾《つぼみ》を付けていて、今にも咲き出しそうだった。

木々の葉も色濃く染まり、庭は夏を迎える準備に余念《よねん》がないように見える。雪《ゆき》柳《やなぎ》が白狐《しろぎつね》の尾っぽのように揺れていた。

「お紗代《さよ》、いてるか」

藤次郎《とうじろう》の呼ぶ声に、庭の草むしりをしていたお紗代は立ち上がった。両手をぱんぱんと打って土を払う。前栽《せんざい》の青葉の間から、縁に立つ父の姿が見えた。

「今、そっちに行くさかい……」

声をかけてから、お紗代は井戸端《いどばた》へと急いだ。

手を洗い、勝手口から厨《くりや》に入ると、お勢《せい》が茶菓の用意をしていた。小皿に載っているのは、青梅の形をした餅菓子《もちがし》だ。

「福寿堂《ふくじゅどう》のお菓子や」

大人《おとな》げないとは思ったが、つい歓声《かんせい》が出た。二条通室町《にじょうどおりむろまち》の「福寿堂」では、梅の実が熟《じゅく》す頃に、この餅菓子を売り出す。抹茶《まっちゃ》の緑にほんのりと薄い紅《べに》をあしらった、白餡《しろあん》の可愛らしい菓子で、お紗代も毎年買うのを楽しみにしていた。

「お客はんのお土産《みやげ》どす。嬢《とう》はんが持って行っておくれやす」

「お父はんが、うちを呼んでるんや。丁度《ちょうど》ええ」

そう言って、お紗代は盆を受け取った。

（うちに何の用やろ）

座敷《ざしき》に向かう廊下《ろうか》を歩きながら、お紗代は思いを巡《めぐ》らせる。

（また、縁組《えんぐみ》の話やろか）

明和《めいわ》六年（一七六九年）、お紗代は十九歳になっていた。世間《せけん》では「行き遅れ」と陰口《かげぐち》を叩かれてもおかしくない年頃だ。

たとえそう言われたとしても、お紗代は気にならない。庭師という家の仕事が好きだったし、何よりも「室藤」から自分が出て行くことなど、考えたこともなかった。

障子《しょうじ》はすでに夏の装《よそお》いに変わっている。四月の朔日《ついたち》、お天気が良かったので、皆に手伝って貰《もら》って、夏の設《しつら》えに替えたのだ。

廊下との境目《さかいめ》に掛けられた簾《すだれ》が巻きあげられているので、座敷からは室藤自慢の庭がよく見える。

「待ってましたえ。さあ、早《はよ》う入っておくれやす」

初老の男が、手招きをして呼んでいる。

「娘のお紗代どす。初めてお目にかかります」

お紗代は丁寧《ていねい》に頭を下げた。

「あんさんが、あの『庭封《にわふう》じのお紗代』はんどすな」

相好《そうごう》を崩して、男は聞きなれぬ事を言った。

面食《めんく》らったお紗代は、助けを求めようと父親に目を向けた。だが、肝心《かんじん》の藤次郎も、困惑《こんわく》したように腕組みをしたまま、ゆっくりとかぶりを振るだけだ。

「ささ、早《はよ》うここに来て、わての話を聞いておくれやす」

男はまるでお紗代の方が客であるかのように、自分が敷いていた座布団を外して、お紗代に勧《すす》めた。

「あの、失礼どすけど、『庭封じ』てなんのことどすやろ」

藤次郎が何も言わないので、仕方《しかた》なくお紗代は問い返す。

「すっかり噂になってますえ。春先に、備前屋《びぜんや》さんの庭で起こった神隠《かみかく》し。姿を消した備前屋の娘を見つけ出したんが、『室藤』のお紗代はんやったとか」

「それは、そうどすけど」と、お紗代は口ごもる。

「それだけやおまへん。昨年の秋の一件……」

男はさらに勢いづく。

「庭師の娘が、丁子屋《ちょうじや》の寮の庭を荒らしたいうて、えらい噂になりましたなあ」

「それも……、そうどすけど」

お紗代の声は段々小さくなった。あの時は、岩松《いわまつ》が間に入って事なきを得た。庭も藤次郎が新しく造り直した。

「あの後、気が強《つよ》うて有名やった丁子屋の御寮《ごりょう》さんが、まるで人が変わったように大人しゅうなった、て聞きました。どうやら、それまで庭に取り憑《つ》かれてはったようどすわ」

「庭に取り憑かれる？」

「庭のせいで、息子と仲違《なかたが》いしてはったそうどす」

お紗代は首を傾《かし》げた。別に庭が悪い訳ではなかろうに、と思う。

「あんさんはどなたどす？　うちに用があって来はったんどすか」

男の話ぶりから、どうも藤次郎ではなくお紗代が目当てのようだ。

「古物商『好古庵《こうこあん》』のご隠居《いんきょ》や」

藤次郎が代わりに答えた。

「嘉兵衛《かへえ》て言います」

好古庵の隠居は、改まったようにお紗代にお辞儀《じぎ》をした。慌《あわ》てて、お紗代は深々と頭を下げる。

「嘉兵衛さん、いきなり『庭封じ』や言うても、お紗代も何のことやら分からしまへんやろ。わしにも未だに分からんのやさかい……」

藤次郎はその顔に戸惑《とまど》いを見せている。

「ようおます。気の済むまで、お話させて貰いますよって」

嘉兵衛は盆から湯飲みを取ると、茶を一気にごくごくと飲み干してから、おもむろに話し始めた。

「五年ほど前のことどす。わては、庭のある家を買い取りましたんや」

たまたま知り合いが自宅を売ろうとしていた。人助けのつもりで、相手の言い値で買ってやった。

「それが、小間物《こまもの》の商《あきな》いをしていた『雪華堂《せっかどう》』て店の本宅どした。一時は、店も繁《はん》盛《じょう》していたんどすけど、主人が病《やまい》に罹《かか》らはりましてなあ。店が立ちゆかんようになりました。幼い娘が三人もいてはって、御妻女《ごさいじょ》が、このまま店をやっていても継がせるもんもいてへん。夫の療養も兼ねて、自分の実家のある御室門前村《おむろもんぜんむら》に戻りたい、て、こない言わはりましてなあ」

御室門前村は、仁和寺《にんなじ》街道《かいどう》を西に行った先にある村だ。

家を買いはしたが、嘉兵衛が自ら住む訳ではない。そこで、人に貸すことにした。

「家は綺麗《きれい》に使われてましたし、庭も見事《みごと》な造りどしたさかい、すぐに借り手は見つかりました。ところが、なんと……」

嘉兵衛は、大仰《おおぎょう》にのけ反った。

「たった三月《みつき》で出て行かはったんどすわ」

――まあ、人の好みもいろいろやさかい、どないなええもんでも、どこか一点、気に入らんところがあったら、我慢《がまん》できひん人もいてはるやろ――

最初はそのくらいの軽い気持ちだった。それに次の借り手もすぐに現れた。

「ところが、今度は二月《ふたつき》も持たんかったんどす」

まるで、何かに追われるように、借り手は引っ越して行った。

「それから、何度か貸しましたんやけどなあ。半年持てばええ方やったやろか」

五年もの間、次々に借り手は家を出て行く。

「その最後の借り主が、先月、一月余《ひとつき》りで引き払ったところどすねん」

さすがに嘉兵衛も、何かがおかしい、と思うに至った。

「せやけど、なんで庭師の所に、そないな話を持って来はったんどすか?」

藤次郎は、それが分からしまへんのや、と首を傾げる。

「これまで、出て行かれる度《たび》に、わても尋《たず》ねてみたんどす」

——なんぞ、家に困ったことでもあるんどすやろか? どこか壊《こわ》れているとか、雨漏《も》りがするとか……——

しかし、誰も口を揃《そろ》えて、「住み心地のええ家や」と答える。

——せやったら、いったい何が気に入らんのどす?——

それについては、誰もこれといった理由を言わず、ただ「すまんことどす」と反対に詫《わ》びを入れられる始末《しまつ》だ。

「せやけど、先日出て行ったお人が、理由を教えてくれはりました」

——わてらが気に入らんのと違います。家の方が、いえ、庭が、わてらを嫌《きろ》うてるような気がするんどす——

「庭の方が嫌がってる、て、そない言わはるんどすか?」

お紗代は驚いて問い返した。

「何がどう、とは、はっきり言えへんようどした。ただ庭が怖《こわ》い、なんや怖《おそ》ろしい、て、そない言わはるんどす」

夜ともなれば、風もないのに庭の枝葉がガサガサ揺れる。人とも獣《けもの》とも思えぬ声が聞こえる。やたらと物音がする。揚《あ》げ句《く》の果てに、夢を見る……。

暗い夜の庭に一人でぽつんと置かれている、そんな夢だ。

「それが、怖ろしい夢なんどすか？」

怪訝《けげん》な思いで、お紗代は尋ねた。

「化け物が出る、とか。鬼に追いかけられるとか……」

普通、「怖い夢」というのは、そんなものだろう。

「不安なんやそうどす」

と、嘉兵衛はぽつりと言った。

「寂《さび》しゅうて、悲しゅうて、えらく気分が重とうなる。そないな思いが、夢から覚《さ》めても消えへんのやそうどす」

その夢は主人が見ただけではない。家族も、使用人まで見たのだ。

「このままやと、家族皆が気鬱《きうつ》の病になりかねん、それを案じて家を出ることにしたんやそうどす」

以前の借り主も、同じ目に遭《お》うてたんやろか、とお紗代は思った。はっきりとした理由がないのも当然だ。何しろそれらは、彼等《かれら》が「感じた」ことに過ぎず、「気のせいだ」と言われれば、それまでだったからだ。

「庭に何かあるんやったら、庭師、どすやろ」

なぜか自信有りげに、嘉兵衛はきっぱりと言い切った。

「いや、ご隠居。この場合は、家相見《かそうみ》か、八卦見《はっけみ》の所どっしゃろ」

藤次郎は「無茶を言うて貰《もろ》うては困ります」と、不満を露《あら》わにする。

「しかも、その庭の造作《ぞうさ》は、室藤と違いますよって」

「へえ、『木音屋《きおとや》』さんの仕事どすわ」

「それやったら、木音屋はんに言うた方がええんと違いますか。こちらとしては、他所《よそ》の庭師の客を奪うような真似《まね》はできひんさかい……」

もっともな言い分だ。

すると、嘉兵衛は「いやいや」と、片手を顔の前ではらりと振る。

「室藤さんのことは、木音屋さんから聞きましたんや」

――わて等は庭の手入れ以外のことはできしまへん。御祓《おはら》いの類《たぐい》やったら、『室藤』はんに言うてみはったらどうでっしゃろ。あそこの娘さんは、『神がかり』やとかで、『庭封じ』をするて、なんや評判どすえ――

木音屋はそう言って、「室藤」へ行くことを勧《すす》めた。

「丁子屋のことも、備前屋の話も、そこで聞かせて貰《もろ》うたんどすわ」

「待っとくれやす。うちは別に神がかってもいいひんし、『庭封じ』て言われても、どないしたらええのんか……」

　お紗代はすっかり困惑して、しどろもどろで断ろうとした。

「助けてくれはらへんのどすか？」

　嘉兵衛は真剣《しんけん》な顔を、お紗代に向けた。

「このままやったら、あの家を人に貸し出すこともできしまへん。化け物屋敷《やしき》て噂でも立てられれば、売るにも売れんようになります」

　嘉兵衛はお紗代の前に頭を下げる。

　お紗代はどうして良いか分からず、思わず父親の顔に目をやった。

「その話、受けてみてもええんやないか？」

　藤次郎は、それまで組んでいた腕を解《と》くと、おもむろに言った。

「せやけど、お父はん。うちは御祓いなんぞしたこともあらへん」

「そない難しゅう考えんでもええ」

　と、藤次郎はお紗代に、にっこりと笑いかける。

「昔、親父《おやじ》に言われたことがある」

　――庭の声を聞き、庭と話をする。庭の言葉が分かる庭師が、ほんまもんや――

「わしには、どうしてもそれができひんかった。どないに耳を澄ませてみても、庭の言葉なんぞ分からへん」

　そこで一旦言葉を切ると、藤次郎は真顔《まがお》になった。

「もしかしたら、お前にはそれができるんかも知れん。それに、お前も気になってるんやろ？」

　問われて、お紗代は頷《うなず》いた。

「庭が人を嫌う筈《はず》はあらへん。うちは、そない思うてる」

「せや。庭は人のためにある。わしらは、その庭のためにおる。庭に何かあるんやったら、それを解決してやるのが務《つと》めや」

「ほな、やってくれはりますか？」

　身を乗り出すようにして、嘉兵衛は二人の顔を交互に見た。

「その庭、室藤が請け負《う》《お》いますよって」

　藤次郎は強い口ぶりで応《おう》じていた。

「好古庵の化け物屋敷を請け負うた、て……うっ、ごほっ」

　空木屋《うつぎや》の源治《げんじ》は、口の中の蓬餅を、喉《のど》に詰まらせそうになって咳《せ》き込んだ。そこは室藤の庭先だった。日の当たる縁《えん》に腰を下ろし、源治はお勢の作った蓬餅を頬張《ほおば》っていた。

「あの庭は、かなりやっかいやで」

茶を飲んで一息入れると、源治は胸をトントンと叩きながらそう言った。

「源治さん、知ってはるん？　好古庵の貸家のこと……」

「好古庵は『空木屋』の得意先や。庭の手入れを請け負うとる」

「なんで『空木屋』さんに頼まはらへんかったんやろ」

お紗代は不思議に思った。通常は、馴染《なじ》みの庭師に相談するだろう。

「一度頼まれたことがある」

源治は眉《まゆ》を寄せると、声を落とした。

「あの貸家の元の持ち主は、『雪華堂』て小間物問屋やった。依頼を受けて庭を造ったんは『木音屋』や。庭師が違えば、庭の造作も微妙に違う。それぞれの庭師の『好み』みたいなもんが出るんやろな」

せやさかい、庭師はよほどの事がない限り、あまり他所が造った庭に手を入れたがらへんのや、と源治は言った。

「それが礼儀《れいぎ》や、て、お父はんもよう言うてはる」

と、お紗代も同意する。

「まあ、幾ら違《ちご》うてる言うたかて、癖が分かれば、庭を元の姿に戻すことはできる。せやのに、うちの親父は一目見て『これは、あかん』て言いよった。なんや、手が出せへんらしい」

――これは、やはり庭を造った木音屋に頼んだ方がええんと違いますやろか――

源治の父親で、「空木屋」の棟梁《とうりょう》、源左衛門《げんざえもん》は、嘉兵衛にそう告げた。

――庭を元通りにすることはできます。せやけど、ここの庭の抱えている問題は、そこと違いますねん――

「何が違うて言うん？」

お紗代は源左衛門の言葉に関心を抱いた。「庭が人を嫌う」という言葉と、何か関わりあるような気がしたのだ。

「人の手で、庭は造られるんや」

源治は父親の受け売りらしい話を、どこか誇《ほこ》らしげに語り出した。

「庭木も石も岩も土も花も、岩に生やす苔《こけ》までも、人の手が自在に好む姿に造り上げる。木々も花も草も成長するやろ。何度も手を入れることで、思い通りの庭にして行くんや」

「うん、それはよう分かる」

お紗代は相槌《あいづち》を打つ。

「もったいぶらんと、早《はよ》う教えて」

なかなか核心に行きつかない源治の話に、もどかしさを感じながら、お紗代は先を促《うなが》した。ところが、ここまで来て、なぜか源治は言い淀《よど》む。

「親父は、ごくたまに、人の手には負えん庭が生まれる、て、そない言うんや。庭に想《おも》いが宿る、とか……」

「想いが宿る、て、それ、どういうこと？」

お紗代は首を傾げる。

「庭が人のように考えるんや。魂《たましい》を持つ、とでも言うんやろうか」

「庭が人と同じように、怒ったり、泣いたり、喜んだりするて言うん？」

「考えてみ？」

源治は真顔になると、お紗代の方へ向き直った。

「庭は人の側《そば》に常にいてるんや。人がどないな気持ちで暮らしているか、じっと見てるんやで」

「人が想うように、庭も想う、てことやな？」

なんとなく分かるような気がした。丁子屋の寮の庭や、備前屋の庭であったことを考えれば納得がいく。

（庭も人のように考えるんやとしたら、人を嫌うにも、何か理由があるてことなんやろか）

「お紗代ちゃんが、神隠しに遭《お》うた娘を助けた話は聞いた」

「あれは、お珠《たま》ちゃんが、慣れてへん庭で迷うただけや」

お紗代は話をごまかした。本当の事を言っても、信じて貰えるとは思えない。お珠を連れて戻った時、備前屋の夫婦にもそれらしいことを伝えた。

迷った揚げ句、庭の片隅の木々の茂《しげ》みで寝入《ねい》っていた、と……。二人とも怪訝そうな顔をしていたが、それ以上の事は尋《たず》ねなかった。娘が無事に戻ったことで満足したようだ。それに、お珠自身にも、神隠しの間の記憶がなかった。

「昔の花下亭《かかてい》の庭がどれだけ広いか、源治さんかて知ってるやろ」

源治は疑うような目でお紗代を見る。

「庄吉《しょうきち》は面白《おもしろ》いことを言うてたで。嬢《とう》はんが備前屋の娘を連れて、いきなり目の前に現れた、て……」

「あの子、寝ぼけてたんや。仕事がきついさかいな」

お紗代は言い切ると、そそくさと立ち上がった。

「用がないんやったら、もう帰って。うちはこれから好古庵の貸家に行くさかい」

「行くて、どないする気や」

驚いたように源治は目を見開いた。

「貸家なんやさかい、借りるのが本分《ほんぶん》やろ。四日ほど泊り込むことにしたわ」

冗談めかして、お紗代は言った。

「泊り込む、て、一人でか。なんやったら、わてが一緒に泊っても……」

勢い込んで言いかけた源治を、お紗代は「阿呆《あほ》やなあ」と遮《さえぎ》った。

「室藤で引き受けた仕事やさかい、庄吉と孝太《こうた》を連れて行く。清《せい》さんも用事を済ませたら来る、て言うてはった。交代で寝ずの番をするんや」

その言葉に、源治は少し安心したような顔をしたが、さらに強引《ごういん》な口ぶりでこう言った。

「それやったら、わても加えてくれ」

「遊びと違う。これも庭師の仕事や」

「『庭封じのお紗代』の仕事やろ。わても手伝う。決めた。一緒に行くわ」

「源治さん。肝試《きもだめ》しのつもりと違う？」

お紗代はわざと怒ってみせる。

「せやから、化け物屋敷で肝試しをするんやろ」

源治は、まるで物見遊山《ものみゆさん》に行くかのように、楽しそうに言った。お紗代は一瞬呆《あき》れたが、思わずぷっと吹き出していた。

源治の態度が、あまりにも子供じみていたからだ。

すると、源治は「おっ」と小さく声を上げた。

「久しぶりに見るわ。お紗代ちゃんの笑《わろ》うた顔……」

「何言うてんの。うちはいつもと変わらへん」

訝《いぶか》し気《げ》な思いでお紗代は否定する。

だが、源治はしげしげとお紗代を見つめてこう言った。

「去年の庭騒動の時や」

「うちが、丁子屋の寮の庭を荒らしたこと？」

確かに、あの時は「空木屋」にまで迷惑をかけた。

――離れ屋の庭には手をつけるな――

そう言われて請け負いながら、お紗代は庭の鶏頭《けいとう》をすべて引き抜いてしまった。

あの後、岩松が仕切《しき》って、すべてを丸く収めてくれたが、お紗代が「室藤」だけでなく、「空木屋」の看板にまで泥を塗《ぬ》ったことには変わりはなかったのだ。

藤次郎と共に「空木屋」に謝罪に行ったお紗代に、源左衛門はこう言った。

――御寮さんと主人の間で、仕事の注文に行き違いがあったて聞いてます。岩松さんは、注文以上の出来栄《ば》えで満足している、て言うてはりました。せやさかい、今後「丁子屋」との付き合いも、何一つ変わるところはあらしまへん。御寮さんも、離れ屋の庭さえ造り直してくれたら、それでええ、て言うてはります――

藤次郎は、その仕事は「室藤」が請け負う、と源左衛門に言った。

――もちろん、手間賃《てまちん》はいただきまへん――

「あの頃から、お紗代ちゃんの元気が無《の》うなった気がして……」

どうやら、源治なりにお紗代を案じていたらしい。

「それに、なんで他所の庭で暴れ回ったんか、その訳も教えてくれへんかったやろ」

源治はどこか恨《うら》みがましい目で、お紗代を見た。

「『岩松』て丁子屋の主人が、妙にしゃしゃり出て来て、お紗代ちゃんを庇《かぼ》うてんのを見たら、なんや、面白うなかったわ」

源治は少し怒ったように言って、視線をそらした。

「あれは……」と、お紗代は言いかけて、言葉を呑み込んだ。

（あの時、岩松さんのお陰《かげ》でうちは助かったんや）

そう言いたい思いを、お紗代は堪《こら》える。

「岩松さんが悪いんやない。全部うちのせいなんや。あの庭の鶏頭を抜いたら、庭が綺麗になるんやないか、て……。勝手にそない思い込んでしもうた」

市松《いちまつ》に頼まれたからや、とはとても言えない。

「何しろ、鶏頭は野の花やろ？　庭に植えるような花とは違うさかい……」

お紗代はそこで腰を上げた。

「ほな、うちは仕度があるさかい……」

うっかり市松のことを思い出してしまったせいで、お紗代の胸が熱くなって来た。このままだと泣き出してしまいそうだ。

「源治さんも、まだ仕事があるんやろ」

お紗代は急いで源治を帰そうとした。仕事場が近いさかい、ちょっと寄ってみた。そう言って顔を出した源治は、蓬餅とお茶ですでに半時《はんとき》（一時間）ばかり腰を据《す》えている。

「せやった。終わったら、化け物屋敷へ行くわ」

さほど慌てる風でもなく、飄々《ひょうひょう》とした態度で源治は立ち上がった。

「好古庵の貸屋は化け物屋敷やあらへん。それに肝試しとも違うさかいな」

お紗代は、あくまで遊山気分の源治に、強い口調《くちょう》で言った。


空には五日の月が浮かんでいる。首を大きく左へ傾ければ、人が嘲《あざけ》り笑う口に見えなくもない。

好古庵の曰《いわ》く付きの貸家は、四条橋《しじょうばし》を渡り、二筋目の建仁寺通《けんにんじどおり》を下った所の町屋《まちや》の中にあった。

小間物や白粉《おしろい》や紅などの化粧道具を扱う「雪華堂」は、近くに色町《いろまち》と言われる宮川筋《みやがわすじ》や祇園《ぎおん》があることから、かなり繁盛していたらしい。店は四条橋の東側の一角に構えていた。

貸屋の敷地の広さは、通常の町屋の三軒分ぐらいはあろうか。木音屋が造ったという庭は、深山《しんざん》の様《さま》を模《も》したもので、渓流《けいりゅう》に見立《みた》てた石組みが圧巻《あっかん》だった。

樹木の中にいると、ここが京であることを忘れてしまいそうになる。庭の広さも敷地の半分以上はあった。

夜、お勢が重箱に詰めてくれた料理を平らげると、庄吉も孝太も早々に寝入ってしまった。昼間の仕事疲れが出たのだろう。

静かな夜だった。風にサワサワと鳴る枝葉の音を聞きながら、お紗代は源治と二人で縁先に腰をかけて、月を眺めていた。

「お勢さんの料理は美味《うま》いなあ」

すっかり満足したように源治が言った。

「これで、酒でもあればええんやが……」

「源治さん、寝てしもうたら元も子もないやろ」

お紗代は源治を窘《たしな》める。

「それは、そうなんやが……」

ちらりと視線を座敷に向ける。障子の向こうから、二人の安らかな寝息が聞こえて来る。

月は細いので、明かりはお紗代の側に置いた行灯《あんどん》だけだ。明かりのほとんど届かない庭は、漆黒《しっこく》の闇の中でじっと眠っている。

二人でいると、大抵《たいてい》、話が弾《はず》むのだが、今夜に限って妙に間《ま》が持たなくなった。何をしゃべろうか、とお紗代があれこれ考えていた時だ。

「清さんは、まだ来はらへんのやろか」

しばらく押し黙っていた源治が、思いついたように口を開いた。

「仕事を終えたら木音屋へ行く、て言うてはった」

お紗代は答えた。

「元々の住人のことを知ってはるのは木音屋やろう、て……」

「知ってるて言うても、引っ越してからのことはどうやろ」

源治はあまり期待していないようだ。

「庭の手入れを任されてる間は親しゅうしていても、引き払った後のことまでは、分からんのと違うやろか」

庭師との繋《つな》がりは、あくまで庭を介《かい》してこそ存在するのだ。

「待たせたな」

話し込んでいた二人の背後で、突然、低い声が響いた。源治が振り返ってヒッと息を呑む。

お紗代もすっかり驚いて、現れた清造《せいぞう》の姿を見つめるばかりだ。

「どないした？　二人とも化けもんでも見たような顔をして……」

「清さん、ここは化けもん屋敷どすえ。いきなり声をかけられたら、心の臓《ぞう》が止まってしまうわ」

源治は片手で自分の胸を押さえてみせる。お紗代の心の臓も飛び跳《は》ねていた。

「まだ、化け物屋敷とは違うやろ。そのために、うちの嬢《とう》はんが、わざわざ出向いて来てはるんや」

清造は源治を窘めると、「ほれ」と、手にしていた三合入りの酒徳利《さけどつくり》を差し出した。

「おおきに、兄《あに》さん」

すかさず源治は徳利に手を伸ばす。

「俺が起きてるさかい、二人とも休んだらええ」

「せっかく兄さんがそない言うてくれてるんや。どうや、お紗代ちゃんも一緒に飲まへんか」

源治は、ヒョイと徳利をお紗代の顔前に翳《かざ》した。

「うちは、ええわ。源治さん、先に休んでて」

お紗代は断ると、改めて清造と並んで縁先に腰を下ろす。

「ほな、一人で飲ませて貰います」

少し拗《す》ねたように言って、源治は徳利を抱いて障子の向こうへ姿を消した。

「清さん、仕事で疲れてるやろに、いろいろと面倒《めんどう》を言うて、堪忍《かんにん》な」

今回の件は、とうてい庭師の仕事とは思えない。申し訳ない気持ちが、お紗代の中に湧き上がっていた。

「たいしたことやあらへん。気にせんでええ」

「それで、木音屋さんは、なんて言うてはったん？」

さっそくお紗代は清造に尋ねた。

「あかん」と、清造は残念そうにかぶりを振った。

「五年前、雪華堂が引っ越してからは、付き合いは途切れてるそうや。好古庵が買い取った後は、住人が次々に替って、たまに手入れを頼まれるぐらいやったとか。ただ……」

と、清造はなぜか煮え切らない顔になる。

「一つだけ、気になる話を聞いた」

それは、一本の梅の木の事だった。

角地《かどち》にあるこの家の玄関口は、南側に面していた。玄関に向かって左側に木戸《きど》があり、そこからさらに西に広がる庭へ出られる。その木戸の脇に、まるで庭の番人のように、立派な梅が植わっていた。

その梅は、お紗代もすでに目にしている。堂々とした枝ぶりで、時期が早ければ、それは見事な花を楽しめたことだろう。

「あれは、白梅《はくばい》や」と清造は言った。

「せやけど、『咲かずの梅』て呼ばれてるそうや」

咲かずの梅……。

「花が咲かへんの？」

「九年前、木音屋の棟梁が、自ら山に入って探し出した木でな。日当たりもええし、土も合《お》うていたようで、植え替えた翌年から、雪のような白い花をそれはぎょうさん付けたんや」

五年前、年が明けて間もなく、雪華堂の一家はこの家から出て行った。白梅は、その年の春から、花を咲かさなくなったという。

「好古庵に頼まれて、いろいろと手を入れてはみたんやけど、今年もあかんかった、て、木音屋も言うてはった。好古庵は、この家を売りに出す気でいてる。嬢はんが『庭封じ』てもんをやった後に、あの白梅を別な木と植え替えて……」

「なんや、かわいそうな話やな」

お紗代はしみじみと言った。白梅は枯れてしまった訳ではない。幹や枝の状態を見る限りは、なんの問題もないように思える。害虫が悪さをしているだけなのかも知れない。しかし、それなら、木音屋にも分かる筈だ。

「木音屋が、明日《あした》、人を御室に走らせる、て、言うてくれはった。『雪華堂』について、調べてくれるそうや」

そこで清造は一旦《いったん》言葉を切ると、おもむろに振り返り、障子に向かって声をかけた。

「庄吉も孝太もそろそろ起きろ。嬢はんが寝る番や」

しばらく間《ま》があいて、「へへーい」と寝ぼけた声が聞こえた。ゴソゴソと起き出す物音がして、障子が開いた。眠そうに目を擦《こす》りながら二人は這《は》うようにして現れる。

「清さん、来てはったんどすか」

孝太が言った。

「わて、ちょっと井戸で顔を洗《あろ》うて来ます」

庄吉が手拭《てぬぐ》いを手にその場を離れた。「ほな、わても」と、孝太がそれに続こうとして、ふと、思い立ったようにこう言った。

「源治はんは、どないしはりました？」

清造は怪訝そうに眉を寄せた。

「ついさっき、部屋に入って行った筈やが。酒徳利を抱えて……」

孝太が唖然《あぜん》として清造を見た。

「こっちには来てはらしまへんえ。他の座敷やろか」

と、首を捻《ひね》った時だ。裏の井戸の辺りで悲鳴が聞こえた。庄吉の声だ。

「嬢はん、明かりを頼むわ」

咄嗟《とっさ》に清造が言った。

清造と孝太が井戸へと走り、お紗代は、行灯の火を蠟燭《ろうそく》に移す。

井戸端で、誰かが倒れていた。すぐに清造がその身体を抱え起こした。

「おい、しっかりしろ。目を開けるんや」

お紗代は急いで蠟燭を翳した。

源治だった。

「どないしたんやろ。酔ってはるんやろか」

庄吉が源治の側に転がっていた徳利を拾い上げた。

「清さん、なんやおかしゅうおす。酒はまだたっぷり残ってますえ」

源治は酒好きだが、それほど強い訳ではない。しかし、だからといって、一口や二口で正体がなくなるほどではなかった。

その時だ。突然、風が唸《うな》り声をあげて吹きつけて来た。ゴオー……と、いう音が耳をつんざき、庭木の枝が折れそうなほどしなる。旋風《つむじかぜ》に巻き込まれ、蠟燭の火が消えた。

　空を雲が覆《おお》っているのか、辺《あた》りはたちまち真っ暗な闇の中だ。

「嬢《はよ》はん、早う中に入るんや」

　清造が叫んだ。

「せやけど、源治さんは……」

「今、連れて行くさかい」

　清造は庄吉と孝太に手伝わせて、源治を運ぼうとした。

　すると、源治の目がぺかっと開いた。

　ふいに風の音が遠くなった気がした。風はお紗代の周囲で吹き荒れている。見れば、清造等三人は、目も開けていられないようだ。

　不思議なことに、闇の中でも、お紗代には彼等の様子がはっきりと見えるのだ。

　清造に半身を起こされていた源治が、その腕からするりと逃《のが》れるように立ち上がった。

　源治は、茫然《ぼうぜん》としているお紗代の右手を握《にぎ》る。

　次の瞬間、お紗代は源治に引っ張られるようにして、庭の奥へと入り込んでいた。源治は無言で歩き続ける。眼前に現れる庭木の枝を、ヒョイ、ヒョイと、わずかな動作で避《よ》けながら、どんどんと歩いて行く。

お紗代はただ手を引かれるままに、小走りでついて行くしかない。

(こないに、広い庭の筈があらへん)

そう思った。まるで山の中へと向かって行くようだ。幾ら広くても、所詮《しょせん》は町屋の庭なのに……。

「あんた、誰？　源治さんと違うやろ」

お紗代は声を上げた。源治の姿をしてはいるが、源治ではない。なんとなく、それだけは分かった。

お紗代の声を合図《あいず》にするかのように、源治の動きがピタリと止まった。お紗代は、急いで握られていた手を振りほどいた。

改めて周囲を見回してから、唖然とした。木々の枝葉の合間から、広々とした庭が望めた。しかも、真昼間《まっぴるま》の明るさなのだ。

子供の声がした。二人いる。八歳と六歳ぐらいだろうか。庭石の間を飛び回り、庭木の影に隠れ、「かくれんぼ」でもしているみたいだ。

――転ぶさかい、気をつけなあかんえ――

二人を見守っていた女が声をかけた。女の腕には、三歳ぐらいの幼女が抱かれている。

──花が咲いてる──

上の娘がそう言って、お紗代の方へ駆け寄って来た。

「綺麗や」と、その娘が言えば、後を追って来た下の娘も、同じように「綺麗やなあ」と言った。

その途端、周囲が梅の香りに満ちていることに気がついた。いつしか、お紗代は白梅の木の傍らに立っていたのだ。

(木が、まだ若い)

丈《たけ》もまだ低く、枝も細い。それでも、梅は懸命に真っ白な花を無数に付けていた。

──やっと、咲かはったなあ──

と、母親らしい女が、娘たちの側に寄って来て言った。

──まるで雪が積もったようや──

──御褒美《ごほうび》を、あげてええ?　お母はん──

その時、上の娘が言った。

──そやなあ。こないに見事に咲いてくれはったしなあ──

そう言って、母親は娘に尋ねた。

──お梅、この木に何をあげる?──

すると、お梅は懐《ふところ》から小さな包みを取り出した。

お梅は精一杯背伸びをすると、枝の花の間に、包みの中から取り出した物を載《の》せた。

小さくて丸い鼈甲飴《べっこうあめ》だ。日の光を浴びて、飴玉は金色に輝いていた。

再び娘たちは走り出し、庭の木々の間を駆け抜けて行く……。

「あれは、もしかして雪華堂の？」

尋ねようとした時、突然、強い力で揺さぶられた。

ハッと我に返ったお紗代は、清造が両肩を摑《つか》み、顔を覗《のぞ》き込んでいるのを知った。

「嬢はん、どないしたんや？」

清造が案じるように問いかけて来る。

お紗代は視線を巡らして、辺りの様子を見た。そこは井戸端だった。

あれほど吹き荒れていた風が、すっかり収まっている。空には五日の月が、ささやかな光を庭に注《そそ》いでいた。晴れているので、一面に星空が広がっている。すべてを覆いつくしていた雲もどこかに去っていた。

「せや、源治さんは？」

確か、井戸端で倒れていた筈だ。

「庄吉と孝太に運ばせた。それより、嬢はんの方や。呼んでも揺すっても、なんも言わん。ただ、ぼうっと立っとるだけや。まるで魂が抜けたみたいやった」

清造は、安堵《あんど》したように深いため息をついた。

「うち、どれぐらいこうしてた？」

「突風が吹いて、蠟燭の火が消えた。嬢はんを見たら、その場で固まったように動かへん」

清造は二人に源治を任せると、すぐにお紗代の両肩を摑んでいた。

随分《ずいぶん》、時が経ったような気がしていたが、清造の口ぶりからそれほどでもないらしい。

「考え事をしてたんや。たいしたことやあらへん」

未だに心配そうな清造に、お紗代は無理やり笑顔を作った。

翌朝になっても、源治は眠ったままだった。

いや、そもそも、これは本当に源治なのだろうか？

傍《かたわ》らに寄り添いながら、お紗代はそんな事を考えていた。

「二日酔い、て訳でもあるまいし……」

源治を挟むようにして座っている清造が、首を傾げた。

「徳利の酒も、ほとんど残ってる」

清造は、手にした徳利を耳元で揺らす。

「そのお酒、ちょっと見せてくれはる?」

お紗代は、手を伸ばした。

清造から渡された徳利の栓《せん》を抜くと、お紗代はゴクリと一口飲んだ。

「嬢はん、若い娘が朝っぱらから……」

清造が眉を顰《ひそ》める。

清造の言葉に耳を貸さず、お紗代はさらに湯飲みを取ると、徳利の酒を注ぎ入れた。すると、酒と一緒に、白い花びらが数枚流れ出たのだ。

「梅の花や。このお酒、梅の花の香りがしてた」

清造も驚いたようだ。

「いったい、いつの間に入ったんやろ」

酒屋で買った時にきっちり栓をした。それから源治に渡すまで、一度も口は開けてはいない、と清造は言う。

「菊や桜を浮かべて飲む、て趣向《しゅこう》やったら、おますけどな」

清造は首を捻る。

「あの源治に、そないな風流《ふうりゅう》な趣味があるとは、とても思われへん」

「うちもや」

　お紗代も頷く。

「それに、今、梅の花はどこにも咲いてへん」

　花の時期は、すでに終わっている。

「いったい、これはどういうことや」

　清造はすっかり困惑している。

　だが、お紗代には分かった。

「空木屋さんへは、知らせるん？」

　すると、清造は「いいや」とかぶりを振った。

「どう見ても、ただ眠っているだけや。もう少し、様子を見てから医者を呼ぶ。『空木屋』へ使いをやるのも、その時でええやろ。あちらさんを心配はさせとうないさかい」

「多分《たぶん》、源治さんは、大丈夫やて思う」

　お紗代には、その確信があった。

　お紗代は、立ち上がると、障子を開けた。視線を走らせ、庭の造作を確かめる。

　やはり、昨晩、お紗代が見た幻の庭はここに似ているようだ。

「清さん、木音屋さんが、この庭を造ったのは九年前やったな」

「そうやけど」

と、清造は怪訝そうにお紗代を見る。

「木戸の白梅は、植えられた翌年に花を付けた、て、そない言うてはったな」

八年前に花を付け、雪華堂が引っ越して行った五年前から花は咲かなくなった。

「咲いていたのは、たった三年の間だけ……」

お紗代は呟《つぶや》いていた。

――御褒美をあげよ――

そう言って、飴玉を差し出した少女の顔が、お紗代の脳裏を過《よぎ》る。

(嬉《うれ》しかったんや)

白梅が、喜んでいた……。

あり得ない話だったが、お紗代にはそう思える。

「清さん」

その時、孝太が顔を出した。

「木音屋から使いが来ました。『雪華堂』のことやそうどす」

清造がその場を離れたので、孝太は清造に代わって、源治の傍らに座った。

「ほんまに源治さん、どないしたんやろ」

孝太が心配そうに呟いた。

「庄吉は、家に戻ったん？」

尋ねると、「へえ」と頷く。

「仕事がありますさかい、わても、じきに出なあきません」

室藤が請け負ったとはいえ、庭封じは、本来庭師の仕事ではない。

「ここはええさかい、あんたも帰り」

「せやけど」と、孝太は躊躇《ためら》いを見せる。

「清さんにも帰って貰うわ。源治さんはうちが見てる。庭の普請《ふしん》に人手がいるやろ。それに、昼間は何も起こらへんさかい、うち一人でも大丈夫や」

「ほな、そうさせて貰います」

孝太が立ち去ってからしばらくすると、清造が戻って来た。

「雪華堂やが……」

御室門前村の妻女の実家で療養していた雪華堂の主人は、三月《みつき》ほど後に亡くなっていた。豪農《ごうのう》の家ではあったが、両親は他界《たかい》し、すでに兄夫婦が跡を継いでいた。妻女もそういつまでも世話にはなれない。

「実家を出た母親は、上の娘に妹二人の世話を任せて、働きに出たそうや」

（上の娘……、て、お梅ちゃんのことやな）

お紗代が幻の庭で見た時、八歳ぐらいだった。五年前、といえば、まだ十一歳だ。

（下の妹は九歳ぐらい。さらにその下は、六歳になっていた筈や）

「奉公先は、仁和寺街道沿いの旅籠《はたご》や」

雪華堂の妻女は、そこで下働きの女中をして必死に働いた。

「ところが、無理が祟《たた》ったらしゅうて、二年前に身体《からだ》を壊《こわ》して思うように働けんようになった。そこで、上の娘が、代わりに奉公に出るようになったとか」

今度は、下の妹二人が、母親の面倒を見ているという。

「上の娘さん、て、幾つ？」

「今年で十六歳や。十四歳から働いて、一家を支えてはる」

（あのお梅ちゃんは、十六歳になってはんのやな）

見ず知らずの他人の筈なのに、お紗代には妙に懐《なつ》かしく思えた。妹たちも、十四歳と十一歳だ。立派に母親を助けてやれるだろう。

「清さん、頼みがあるんやけど」

お紗代は眠っている源治の顔にちらと視線を走らせてから、再び清造を見た。

「明日の朝、御室へ行って、雪華堂のお梅さんをここに連れて来て貰えへんやろか」

清造はすこしばかり驚いたようだったが、じっとお紗代を見つめてからこう言った。

「嬢《とう》はんに、何か考えがおますのやな」

「はっきりとは言えへんのやけど、思うてることがあるんや」

「つまり、嬢はんの『庭封じ』どすな」

それが、果たして本当に「庭封じ」になるのかどうかは分からない。しかし、この庭が何かを求めているのなら、その願いを聞いてやることが、「庭封じ」になるような気がするのだ。

(昨日の晩に見た幻には、きっと意味がある)

今、源治の中にいるのは、あの白梅だ、とお紗代は思った。花びらの酒を飲ませることで、源治の身体を操《あやつ》っているのだ。お紗代が白梅の願いを叶《かな》えさえすれば、本当の源治が目を覚ますだろう。

清造が帰って行くと、お紗代は眠っている源治と二人きりになった。

「なあ、源治さん」

お紗代はそっと声をかけた。

「もう、うちと二人だけや。夜になるまで、他には誰も来ぃひん。うちに、何かして欲しいことがあるんやろ。うちにできることやったらするさかい、本物の源治さんを返して」

耳元で呼びかけると、しばらくして源治の目が開いた。

源治はゆっくりと身体を起こすと、お紗代の方へ視線を向けた。

お紗代は源治の目を見つめた。

その時、源治の手がすっと伸びて来て、お紗代の腕に触れた。一瞬、身体がビクッとなるほど、どこかザラリとした感触が、着物を通しても分かった。

「かまへんさかい、連れて行って。あんたの心の中へ……」

ふいに目の前が真っ白になった。


――今年も、綺麗に咲かはったなあ――

お紗代の目の前に一人の娘が立っていた。お梅だ、と、すぐに分かった。以前、見た時より、少し大きくなっている。

――御褒美や――

お梅はそう言うと、枝の絡《から》んだ辺りに、一粒の飴を載せた。金色をした鼈甲飴だ。

――お姉ちゃん、うちにも飴をちょうだい――

妹二人が走り寄って来る。下の娘も小さな姉の後をよたよたと追って来る。

――あげるさかい、そない走ったら転ぶえ――

姉娘は妹たちに、飴を分けてやる。

多分、その翌年なのだろう。

再び、娘は梅の木に語りかけ、花の美しさを褒《ほ》めている。そうして、飴玉を一つ、枝の間にちょんと置いたのだ。

しかし、その次の年は違っていた。まだ寒い季節だった。舞っている白い物は、花ではなく、雪だった。雪の積もった梅の枝は、花が咲いているように見えた。

お梅は泣いていた。

――堪忍な。うちは、ここにおられへんようになった――

お梅はそう言って、梅の幹に両腕を回した。娘の涙が幹に染み込んで行く。

――もう、御褒美もあげられへん――

それが、白梅とお梅との最後の別れだった。

(それが、悲しかったんやな)と、お紗代は呟いた。

(悲しゅうて、寂しゅうて……)

白梅は花を咲かすのをやめ、「咲かずの梅」になったのだ。

目頭《めがしら》がじわりと熱くなり、お紗代は思わず、両手で顔を覆っていた。白梅の想いが、お紗代の胸一杯に広がって行くようだ。

会えなくて、悲しい、寂しい、恋しい、と……。

「もう、ええよ、お紗代ちゃん」

源治の声が聞こえて、顔を覆っていた手を、そっと外された。

「源治さん？　ほんまの源治さん」

涙の後から、しゃっくりが出た。

「ああ、ほんまの源治や。わての中に入り込んでいた奴は、どっかに行ってしもうた」

源治はいつものように笑って、お紗代の顔を覗き込んで来る。

「うちが、どれだけ心配したか……」

恨み言を言いたいのに、またしゃっくりだ。

「分かってる。話は全部、聞こえてた」

源治はそう言って、お紗代の身体を抱きしめた。

「おおきに、お紗代ちゃん」

お紗代は、源治の胸に顔を埋《うず》めると、声を上げて泣き出した。安堵と嬉しさと、悲しさが綯《な》い交ぜになって、今は泣くことしかできなかった。

翌日の昼頃、お紗代はお梅を出迎えた。清造に連れられて、門を潜《くぐ》るお梅の表情は、ひどく堅いものだった。幼少期の一時期を過ごした家だ。懐かしい想いもありそうなのに、そういった情を一切跳《は》ね付けているのが、お梅の態度からも窺《うかが》えた。

「うちに、なんの用どすやろ」

白梅の花を見て、満面《まんめん》に笑みを浮かべていたあの娘は、もうここにはいない。年頃にも関わらず、白粉も紅も付けげず、唇を引き結び、キッと睨《にら》むようにお紗代を見つめている。

両の手は水仕事で荒れ、見ているだけで痛々しい。その手で、ほつれて頬にかかる髪を撫《な》でつけている。身だしなみに気を配る時間もないのを、恥じてでもいるようだ。

痩《や》せて細い身体つき。この身体で、女所帯《おんなじょたい》を守っているのだ。そう思うと、お紗代の胸は辛《つら》く切なかった。

「お梅さんに見せたいもんがあって、それで来て貰《もろ》うたんどす」

お梅の視線は、お紗代に向けられたまま、微塵《みじん》も動かない。本来なら、かつて住んだ家が気にならない筈はないのに……。お梅は、この家で暮らした幸せだった日々の欠片《かけら》から、必死で目をそむけようとしていた。

「せやったら、早《はよ》う見せておくれやす。ここまでの道のりは遠おす。うちは、早う戻って働かなあきませんよって……」

お梅は、どこぞの嬢《とう》はんの暇つぶしに付き合っている暇はないんや、と言いたげだ。

「庭の白梅を覚えてはりますか」

お紗代は、お梅を木戸の所へと誘《いざな》った。

「真っ白な、雪のような花を咲かせていた梅の木どす。うちは、お梅さんにその花を見せとうおしたんや」

「嬢はん、それは無理な話や」

後ろで話を聞いていた清造が、堪《たま》りかねたように口を挟んだ。

「もう、梅の花の時期は、とうに過ぎてますえ」

と言ったその直後に、清造は「あっ」と声を上げていた。

「嬢はん、これは、いったい？」

お紗代は視線を白梅に向けた。それまで蕾一つ付いていなかった枝から、無数の花が開き始めている。

お梅が茫然と見つめていた。

花は次々に開いて行った。まるで雪が積もったように、真っ白な枝を幾本も、誇らしげに広げている。

いつしか、お梅の目から涙が零《こぼ》れていた。

「この白梅は、ずっとお梅さんを待ってはったんどす。せやさかい、雪華堂さんがおらんようになってからは、花を咲かさんようになってしもうた」

白梅の木は、次々に代わる住人を追い出してまで、雪華堂の家族を待ち続けていたのだ。

お紗代は懐から包みを取り出すと、お梅に渡した。

「考えてみれば、あんさんの名前も、お梅や。何か絆《きずな》みたいなもんがおましたんやろなあ」

お紗代に言われても、まだよく分からないようだ。お梅は黙って包みを受け取って、中を見た。

「嬢はん、これは……」

「御褒美、あげなあかんやろ。こない綺麗に咲いたんやさかい……」

お紗代に言われて、お梅はハッと何かを思い出したようだ。すぐに一粒の飴玉を取り出すと、白梅に近寄り、枝の間にそれを載せた。

その瞬間、突風が吹いた。風に飛ばされ、花びらが雪のように舞っている。その中に、日の光を浴びて、キラリと輝く物がある。

頭上から降って来る光の玉を、お梅が両手で受け止めていた。

それは、金色の鼈甲飴だった。しかも、四つある。

「うちのあげた御褒美、大事に持ってはったんやな」

お梅は白梅に向かって優しい声で言った。

「室藤の嬢はん、うちの頼みを聞いてくれはりますか？」

お梅は強い眼差《まなざ》しを、お紗代に向けた。

「いつか必ず、この家をうちが買い取ります。その時まで、好古庵の嘉兵衛さんに、売るのを待ってくれるよう言うて貰えまへんやろか」

決意に満ちた声だった。

「嘉兵衛さんも、きっとその願いを聞いてくれはる」

お紗代は大きく頷いた。

お梅の手の中で、飴玉が煌《きら》めいている。お紗代には、それが、白梅が流した涙に思えた。

其の四

魂《たま》消《ぎえ》の庭

このところ、暑い日が続いている。朝は元気一杯に咲いていた朝顔《あさがお》も、日差しの下、くたびれたように首を垂《た》れていた。

「室藤《むろふじ》」の庭は真夏の色に染まり、木々の枝が、白く焼けた庭石の上に濃い影を落としている。風が止まった昼下がり。動く物のない庭を、蟬《せみ》の声が我が物顔に鳴り響いていた。

そろそろ一雨欲しいところだ。この天気が嬉《うれ》しいのは、洗濯物が良く乾くことぐらいだが、見上げた空には、生憎《あいにく》、入道雲《にゆうどうぐも》一つ湧いてはいなかった。

その時、風もないのに、ちりんと風鈴《ふうりん》が鳴った。

（ええ音やな。せやけど、うちに風鈴なんぞあったやろか）

芙蓉《ふよう》の花影に立っていたお紗代《さよ》は、視線をわずかに移した。

ちりん……。また鳴った。薄い玻璃《はり》が奏《かな》でる、繊細《せんさい》な夏の音……。

「お久しぶりどす」

若い男の声がして、お紗代は振り返った。木戸《きど》の所に男が立っていた。涼《すず》しげな藍《あい》の浴衣《ゆかた》に細帯をキュッと腰の辺《あた》りで締《し》めている。お紗代は思わず声を上げていた。

「市松《いちまつ》、さん……」

すると、男はハハッとわざとらしい声で笑った。

「幾らなんでも、盆前《ぼんまえ》や。市松が戻って来るには早《はよ》うおす」

「岩松《いわまつ》さん」

と、言い直した声が小さくなった。

お紗代は、茫然《ぼうぜん》とその場に立ち尽くしていた。何と言ってよいのか分からなかったのだ。

「なんで、ここにいてはるの？」

やっとの思いで尋《たず》ねた。すでに岩松は眼前にいて、手にしていた玻璃の風鈴を、ちりんちりんとお紗代の前で小さく振った。

「長崎《ながさき》の『びいどろ』どす。お紗代さんへの土産《みやげ》や」

にこりと笑った顔が、驚くほど市松に似ている。だが、やはりその肌の色は血の通った生き人《びと》のものだ。

「驚かさんといておくれやす」

お紗代は咎《とが》めるように言った。考えてみたら、間違えた自分の方がおかしいのだ。

「こちらに、戻って来はったんどすか？」

今は六月に入ったばかりだ。盆まではまだひと月半はある。

「盆で帰って来たんやのうて、これから先、ずっと京にいてるつもりどす」

岩松はそう言うと、お紗代の手に風鈴を載《の》せた。

ひんやりとした玻璃が、一時《ひととき》の涼《りょう》をもたらせる。

日に翳《かざ》すと、風鈴は空を映《うつ》して青く、深い。

「お母はんに、戻ってくれ、て言われて……」

それで、長崎の店を番頭《ばんとう》に任せて上洛《じょうらく》したのだ、と岩松はすこし照れた様子で鼻の頭をぽりぽりと掻《か》いた。

「そう言えば、御寮《ごりょう》さんと仲良うならはったそうどすなあ」

好古庵《こうこあん》の隠居《いんきょ》から聞いた話を、お紗代は思い出した。

「さすがに京のお人や。お紗代さんも地獄耳《じごくみみ》どすな」

岩松は感心したように頷《うなず》く。

「京に着いたんは七日ほど前なんどすけど、いろいろと仕事が立て込んでしもうて、挨拶《あいさつ》に来るんが遅うなってしまいました」

すんまへん、と岩松は神妙《しんみょう》な顔で頭を下げる。

「うちの方はかまわんといておくれやす」

却《かえ》って、お紗代の方が恐縮《きょうしゅく》してしまう。だいたい、薬種問屋《やくしゅどんや》「丁子屋《ちょうじや》」は、「室藤」の得意先ではない。本来は「空木屋《うつぎや》」の顧客なのだ。

「その節《せつ》はいろいろと世話になりましたし、お紗代さんには、うちの母親がえらい迷惑をかけましたさかい、改めて詫《わ》びをせな、て思うてます」

「とんでもない」と、お紗代は慌《あわ》ててかぶりを振った。

「うちのせいで、岩松さんも大変な思いをしはったのに……」

岩松がお紗代のためにしてくれた、後始末《あとしまつ》の数々が改めて思い出される。

「それに、あの時のことは、もう忘れましたさかい、気にせんといておくれやす」

すべて忘れたとは言い切れない。庭師の娘として慌ただしい日々を送る中で、時折、ふと市松に会いたいと思ってしまう自分がいる。

「忘れた」と言っても、それが嘘なのは岩松の方もすでに知っている。岩松の姿に市松を重ねたのが、その証《あか》しだった。

「今日は何の用どす？」

早々にお紗代は話題を変えた。

岩松の方にも、用事があったようだ。

「少々困った事がおまして」と言いかけた岩松は、やや躊躇《ためら》う様子を見せてから、一息《ひといき》にこう続けた。

「お紗代さんの力を貸して欲しいんどす」

「うちの力、どすか？」

お紗代は怪訝《けげん》な思いで問い返す。

「実は、『庭封《にわふう》じ』のことどすねん」

「庭封じ、て……」

思わず息を呑んだお紗代の手の中で、揺らしてもいないのに風鈴がちりんと鳴った。

風の通る座敷《ざしき》に通された岩松は、事の次第をお紗代に語った。

「『丁子屋』は、薬種問屋どす」

湯飲みを手に取って、ゆるゆると回しながら岩松は言った。藤次郎《とうじろう》は夏でも熱い茶を好む。岩松はどうやら熱いのは苦手《にがて》らしい。すぐに餡《あん》を透明な葛《くず》で包んだ菓子に手を伸ばし、たちまち三つばかりを平らげた。甘い物は好きなようだ。

「それは、よう存じてます」

お紗代はずずっと茶を啜《すす》る。考えてみれば、こうして二人だけで向き合って話をするのは、去年の庭騒動以来だ。

藤次郎も清造《せいぞう》も、庭普請《にわぶしん》の仕事で出かけている。源治《げんじ》はといえば、やはり忙しいのか、このところ姿を見せない。

岩松といると、なぜか心が落ち着かなくなるのは、やはり市松に似ているからだろうか。

そんなことを思いながら、お紗代はちらりと岩松に視線をやった。

「薬種屋は、病《やまい》に効《き》く薬を売るのが商売どす」

お紗代の胸の内を知ってか知らずか、岩松は当たり前の話をしている。

「うちも、そない思うてます」

返答に困りながら、お紗代も当たり障《さわ》りのないことを言った。

「ところが、『丁子屋』の薬では効かへん病が出たんどすわ」

「薬が効かん、て、どういうことどす？」

「わての幼馴染《おさななじみ》に、巳之助《みのすけ》て男がいてます」

と、岩松は慎重《しんちょう》な口ぶりで語り始めた。

「これが米問屋の息子どして、子供の頃は結構やんちゃで、わてとはそない仲がええて訳やなかったんどすけど……」

「そのお人が、病に罹《かか》らはったんどすか？」

薬種屋に治《なお》す薬がない、というのはただ事ではない。かといって、今のところ、疱瘡《ほうそう》が流行《はや》っているという話も聞こえてはこない。

「幸い移る病とは違います。巳之助の親御《おやご》さんも、えろう案じて、何か薬はないか、て丁子屋を頼って来はったんどすわ。医者も、首を振るばかりで手立《てだ》てがあらへんのやそうどす。占い師には、これは『病とは違う。魂《たましい》が消えてはんのや』

て、訳の分からんことを言われてしもうた、て……」

「魂が消えた……。どういうことどす？」

お紗代は困惑《こんわく》するばかりだ。

「魂が抜けてはるんやそうどす。京、大坂《おおさか》を合わせても一番の薬種問屋は、『丁子屋』や。その『丁子屋』に、『魂消《たまぎえ》』に効く薬はないのか。金は幾らでも払うさかい、助けてくれ、て……」

巳之助の二親《ふたおや》から泣きつかれて、岩松もつい「承知《しょうち》しました。なんとかしてみまひょ」と応《おう》じてしまったのだという。

「取り敢《あ》えず、気付けの薬を渡したんどすけど、効くかどうかは分からしまへん。薬種屋としては、このまま見過ごす訳にも行かしまへんし、何よりも、『丁子屋』の看板が泣きます」

力強く言い切った言葉と、その眼差《まなざ》しの強さに、お紗代は何やら引くに引けないものを感じていた。

「魂が消えると、どないなるんどす？」

お紗代はさらに問いかけた。

「わても気になるんで、様子を見に行きました」

両の膝に手を置くと、岩松はやや肩を怒《いか》らせるようにして、再び言葉を続けた。

「どこが悪いという訳でもなく、ただ、ぼうーっとしてるんどす」

「ぼうーっと、どすか？」

岩松は大きく頷く。

「話しかけても、呼びかけても、なんの返事もあらしまへん。身体《からだ》を揺さぶられて倒れても、起き上がろうともしまへんのや。目も開けたまんま、瞬《まばた》きの一つもしているのか、どうか……。息はしてますのやけど」

「何か食べるとか、飲むとかは？」

岩松は大きく首を左右に振った。

「それもしはらしまへん。せやさかい、このままでは干《ひ》からびて死んでしまうんやないか、て、家族も案じてますのや」

「いったい、何がきっかけでそないなことになったんどす？」

不思議な思いでお紗代は聞いた。

「それが」と岩松は口籠《くちご》もり、それから一気にこう言った。

「『肝試《きもだめ》し』どすわ」

お紗代は唖然《あぜん》として、岩松を見つめた。

「阿呆《あほ》らしいて思わはるやろうけど、ほんまに『肝試し』やったんどすわ。『肝試し』に行って、『肝』ならぬ『魂』が消えてしもうたんどすわ」

笑い話になりそうなことを、岩松は真顔《まがお》で言った。

「肝試しやったら、他にも誰かいてはったんどすな」

お紗代の問いに、「へえ」と岩松は頷いた。

「遊び仲間が、他に四人いてます。いずれも裕福な商家の息子ばかりで……」

年齢は十八歳から二十二歳ぐらい。深夜、五人で肝試しに出かけて行き、明け方、大慌《おおあわ》てで巳之助を連れて戻って来たのだと言う。

「ある空《あ》き屋敷《やしき》の庭に入り込んで、蠟燭灯《ろうそくとも》して、怪談に興じていたそうどすわ」

怪異《かいい》な話を、一人ずつ語っては蠟燭の火を消して行く、「百物語」という趣向《しゅこう》だ。「肝試し」同様、「百物語」も夏になると流行り出す、若者等《ら》の人気の遊びだった。

「最後が、一番年上の巳之助やったんどす」

蠟燭は二十本。その最後の一本が消えた時、それまで空にあった月が雲間に隠れてしまった。突然の闇夜だ。一人が叫び声を上げたことから、皆が一斉に走り出した。混乱が混乱を呼び、広い庭をやみくもに駆け回る者、動けなくなって縮《ちぢ》こまる者、腰が抜ける者……、なかなかに大層《たいそう》な騒乱《そうらん》ぶりであったらしい。

間もなく月が現れ、辺りがほんのりと見えるようになると、彼等もやっと落ち着きを取り戻した。一人、また一人と元の場所に集まり、蠟燭に再び火を灯してみると、一人の姿だけ消えている。

「それが、巳之助やったんどす」

皆で巳之助の名を呼び、捜し回った。そうして、夜が明け始めた頃、池の中に座り込んでいる巳之助を見つけた。

「幸い池は浅く、溺《おぼ》れずには済んだんどすけど、その時から呆《ほう》けたようになってしもうて。四人で抱えるようにして連れ帰ったそうどすわ。それが四日前のことどす」

「いったい、その空き屋敷てどこどす?」

「肝試し」に使われるなら、よほどの曰《いわ》く因縁《いんねん》がある場所なのだろう。

「それが、『殺生屋敷《せっしょうやしき》』どすねん」

岩松は重々《おもおも》しい声で言った。

「殺生屋敷、て、あの『殺生柳《せっしょうやなぎ》』の……」

お紗代は思わず息を呑んでいた。

それは一条通《いちじょうどおり》を西へ向かい、千本通《せんぼんどおり》を越えた先にある商家の屋敷だった。十五年ほど前、継母《ままはは》に虐《いじ》められた娘が、庭の柳の木で首を吊《つ》って亡くなった。継母は、実子である妹娘に店を継《つ》がせたかったらしい。

ところが、その妹娘もまた柳の木の下で死んでしまった。その首には、柳の細い枝が巻き付いていた。気が触《ふ》れた継母は、柳に火をつけた。炎は激しく燃え上がり、庭も家もすべて焼き尽くしてしまった。

住人は他所《よそ》へ引っ越したが、焼け跡はそのまま廃墟《はいきょ》となって残り、今は「殺生柳屋敷」とか、「殺生屋敷」と呼ばれているのだ。

「なんであないな所に行かはったんやろ。たとえ『肝試し』をするにしても、誰も近寄らへん所どすえ」

「二条新町《にじょうしんちょう》に『浮羽堂《うきはどう》』て絵草紙屋《えぞうしや》がおまして……」

岩松は経緯《いきさつ》を語り始める。

「今年の春頃、主人が代替《だいが》わりしたんどす」

隠居《いんきょ》した父親に代わって、息子の文吾郎《ぶんごろう》が店を継いだ。

「年齢は二十八歳。主人になった途端《とたん》、えらい張り切りようで、人の目を引くような草紙を次々に売り出さはって、なかなかの勢いどすねん」

その浮羽堂が、夏の声を聞く頃に、店の戸に一枚の張り紙をした。それが……。

――怪話《あやしばなし》買い取り候《そうろう》。ただし真《まこと》の話のみ――

「つまり、怪異な話を金で買うて言うてるんどす。文吾郎に話を聞いたら、怪談を集めて戯作《げさく》にするんや、て……」

「せやけど、真の話てことは……」

「そうどす。人の頭で作った話やのうて、ほんまの話どす」

それにこの五人が反応した。金が目当てというより、新しい遊びに飛びついたのだ。

「幽霊が出ると噂がある場所を、夜毎《よごと》にうろついていたようで……」

岩松は呆《あき》れたように言葉を続けた。

平安の頃、鬼が出たと言われる戻り橋《もどりばし》、地獄への道が開く六道《ろくどう》の辻《つじ》、刃傷沙汰《にんじょうざた》で人死《ひとじ》にが出た、どこそこの空き屋敷……、と岩松は指を折って数える。

「最後に行き着いたんが、殺生屋敷なんどすわ」

やれやれ、と岩松はかぶりを振る。

「夏が来る度《たび》に、『肝試し』やら『百物語』やらで浮《うわ》ついている若い衆も、さすがにこの屋敷だけは避けて通るていうのに」

「それで、うちの助けがいる、て言わはるんどすか」

「へえ」と岩松は真剣な眼差しをお紗代に向けた。

「実は、昨日《きのう》、その殺生屋敷に行ってみたんどすわ」

巳之助の見立てをした占い師と共に、廃屋《はいおく》となっている空き屋敷の門の前に立ってみた。

「鍵を預《あず》かっているもんが、近くの寺にいるらしい、て聞いたんで、中へ入ってみようと思うたんどすけど……」

鍵を借りに行こうとした岩松を、その占い師が止めた。

「ここはあかん、わしは入りとうない。あんさんもやめた方がええ、て急に言い出さはって」

——確かに、良からぬ噂のある屋敷どす。それに巳之助もあないなことになってます。せやけど、中を見てみんことには、なんで巳之助の魂が消えてしもうたんかも分からしまへん。それに何かがおったとしても、今は真昼間《まっぴるま》や。幽霊《ゆうれい》が出るには早《はよ》うおます——

しかし、占い師は、この仕事は降《お》りると言ってきかない。

——わしは幽霊が怖《こわ》いんやない。幽霊はなんと言うても人の霊《れい》や。言葉も通じる。せやけど、人やないものの霊は、何を考えてるんか分からんさかい、相手にしようがないんや——

「そない言うて、帰ってしまいました」

だが、帰る間際《まぎわ》に、思い出したように占い師は言った。

「庭に棲《す》みついた霊やったら、庭に詳《くわ》しいもんなら分かるかも知れん。このところ、庭に関わる不思議な事件を解き明かしている庭師の娘がいるていう。その娘を訪ねてみたらどうや、て……」

「それが、うちどすか？」

「店の番頭に聞いたら、『庭封じのお紗代』の話を聞かせてくれました」

――ああ、室藤の娘さんか。確かに、あのお人やったら……――

「わても、お紗代さんには助けられてますさかい」

「助けた、て、そないなことは……」

お紗代は思わず俯《うつむ》いた。

昨年の秋、丁子屋の寮の離れ屋の庭……。お紗代はそこで、初めて市松と会ったのだ。その時のことを思うと、今でも胸が痛くなる。

「このまま飲まず食わずでいるのも、巳之助の命に関わります」

岩松はさらに言った。

「いっぺん、あの屋敷に行ってみて貰《もら》えまへんやろか」

と、岩松が身を乗り出した時だ。

「わては反対や」と、いきなり縁先《えんさき》で声がした。

お紗代は息が止まるほど驚いた。いつしか日が陰《かげ》り始めている。その庭先に、源治の姿があったのだ。

「岩松はん、そないな危ない場所へ、お紗代ちゃんを連れて行く気なんどすか」

源治は怒りを見せて、ズカズカと座敷に上がって来た。仕事終わりなのだろう。

源治は「空木屋」の印半纏《しるしばんてん》を羽織《はお》っている。

「これは、若棟梁《わかとうりよう》。仕事はもう終わらはったんどすか?」

岩松は少しばかり驚いたようだ。

「へえ、終わりました。丁子屋の庭の手入れどす」

この時、丁子屋は空木屋の得意先だったことを、お紗代は思い出していた。

「三日かかるところを、二日で終わらせました。そんなことより、あんさん、お紗代ちゃんに何をさせる気なんどすか」

「源治さん、岩松さんは、うちに力を貸してくれ、て言うてはるだけや」

お紗代は源治を宥《なだ》めようとした。

「話は聞かせて貰《もろ》うた。どこかの若い衆の様子がおかしゅうなってるんやろ。薬屋が関わるのは納得できる。せやけど、お紗代ちゃんにはなんの関わりもあらへんやろ」

源治は、強い口調でお紗代に言った。

「『庭封じ』のことで来はっただけや。そない怒ることやあらへん」

お紗代はぴしゃりと言い切った。

「あれは……、たまたま、今までの件が無事に収まっただけで……」

なおも食い下がろうとする源治に、この時、岩松がきっぱりと言った。

「わては、お紗代さんの持ってはる力を信じてます」

岩松はまっすぐに源治を見つめる。

「ほんまは、自分の力でこの件を収めたい。せやけど、わてにもできんことがおます。お紗代さんには、庭の声が聞こえはる。わては、あの屋敷の庭で何があったのか、お紗代さんに聞いて貰いたいんどす」

「もし、危ない目に遭《お》うたら、どないするんどす？」

源治はなおも岩松に詰め寄った。

「巳之助を救うには、他に手立てがあらしまへん。せやさかい……」

「せやさかい、お紗代ちゃんに何かあったら……」

「ええ加減にしてっ」

ついにお紗代は声を上げていた。

「どないするかは、うちが決める。うちの身を案じてくれはるんはありがたいけど、放って置くわけにはいかへん。うちにできることやったら、喜んでやる」

お紗代の剣幕《けんまく》に、源治は言葉に詰まったのか、尻餅《しりもち》をつくようにその場に座り込んでしまった。

「危ない目には遭《あ》わさしまへん。わても付いてますよって……」

岩松が声音《こわね》を和《やわ》らげて源治に言った。源治は岩松を睨《にら》み上げる。

「よう分かりました。お紗代ちゃんがその気やったら、止めまへん。せやけど、わても一緒に行きますよって」

「ようおます。そないしまひょ」

岩松は大きく頷き、お紗代はほっとため息《いき》をついた。

明日《あす》、その「殺生屋敷」へ出向くことを約束して、二人は室藤を後にした。お紗代は自室に戻ると、箪笥《たんす》の上に、長崎土産の風鈴を置いた。明日にでも、どこかの軒先に吊るして貰おう。そう思っていた時、ふと、隣に置いてある塗《ぬり》の箱が目に留まった。

お紗代は蓋《ふた》を開けた。中には、使い古された独楽《こま》が真綿《まわた》に包《くる》んで入れてある。市松が宝物だと言ってお紗代にくれた、あの独楽だ。

「市松さん……」

思わずその名を呼んでいた。

市松は、最初からお紗代とは遠く離れた場所にいた。どれほど望んでも、手の届かないところだ。想《おも》えば、会いたくてたまらなくなる。どこか寂しげなほほ笑みが、懐《なつ》かしくてたまらなくなるのだ。

（うちが願えば、市松さんは現れてくれるんやろか……）

その時、ちりんと風鈴の音が聞こえたような気がした。どきりとして風鈴を見たが、どれほど待っても、聞こえて来るのは蜩《ひぐらし》の声だけだ。

（阿呆《あほう》やな、うちも）

　お紗代は小さく笑って、夕餉《ゆうげ》の用意を手伝うために部屋を後にした。


「殺生屋敷、やて……」

　室藤では、家族のいない職人は、朝と晩の食事を共にするのが決まりだった。若手の庄吉《しょうきち》と孝太《こうた》は住み込みだったが、一番弟子の清造を始め、三人ばかりが未だ独り身だ。

　そのため、食事時は賑《にぎ》やかで楽しい。仕事から戻ると、まず棟梁から順繰《じゅんぐ》りに風呂へ入る。庄吉と孝太が風呂から上がって来る頃には、棟梁と兄弟子等は、すでに酒でほろ酔い機嫌《きげん》だ。

　お紗代は、風呂上がりの清造が藤次郎の酒の相手を始めたのを見計《みはか》らって、その話を持ち出していた。

「殺生屋敷て、あの柳のあった……」

　そう言って、清造は徳利《とっくり》を藤次郎の前に差し出した。

「せや、一条通をずっと西へ行った、町屋《まちや》の外れで、清和院《せいわいん》て寺の真向《まむ》かいやったか……」

庭師だけあって、藤次郎は庭のある家には詳しいようだ。

「なんや継子虐《し》めがあって、娘が柳の木で首を吊って……。ほしたら実の妹娘が柳の枝で首を絞められて……」

勢い込んで話し始めたお紗代を、藤次郎と清造は呆気に取られたように見ている。

「それで、継母が柳の木に火を付けて……」

言いながら、お紗代はしだいに何やら自分がおかしな事でも口走《くちばし》っているような気になって来た。

突然、清造がぷっと吹き出した。

「嬢《とう》はん、そないな話、いったいどこで聞かはったんや」

しばらく笑ってから、清造は言った。

「どこて言われても……」

お紗代は声を落とす。

「ずっと前に聞いたことがあっただけで……」

今となれば、出所《でどころ》など分からない。

「まあ、夏の怪談話には、ええかも知れんが……」

藤次郎は思い出そうとするようにその目を細めた。

「あの屋敷が火事になったんは、七年ほど前やなかったか？」

「わても、そない聞いてますわ」

藤次郎の言葉に、清造も同意するように頷いた。

「住人が引っ越してから、ずっと空き家になってましたわ。確か、雷が落ちて火事になったとか……」

「ほな、十五年前に、姉娘と妹娘が死んだて話は？」

「元々は『紀州屋《きしゅうや》』て呉服問屋の本宅《ほんたく》やったんや」

その時、藤次郎がきっぱりとした口ぶりで言った。

「十五年ほど前に、江戸と大坂に店を出すことになって、家を残したまま引っ越したんや。それに『紀州屋』には、子供は息子一人だけや」

七年前の夏のある日、激しい雷雨《らいう》に見舞われた。雷は柳の木に落ちた。火はたちまち燃え広がり、庭と屋敷の半分が燃えた。

幸いなことに、雨が降っていたために、間もなく鎮火《ちんか》したので近隣への類焼《るいしょう》は免《まぬか》れていた。

「せやけど、なんで改修《かいしゅう》せえへんかったんどす？」

清造が不思議そうに藤次郎に尋ねた。

「詳しいことは分からへん。荒れたまんまで放ってるさかい、好き勝手な噂が広まったんやろ」

「全部、でたらめ、てことなん?」

意外な思いでお紗代は問い返す。

「嘘や言うたら、嘘話やな」

「それにしても、なんで『殺生柳屋敷』なんぞと、呼ばれるようになったんどす?」

清造の言葉に、お紗代も思わず身を乗り出した。

「何年か前に、そないな芝居が興行《こうぎょう》されてな。燃え残った屋敷跡を見て、ほんまの話やないか、てことになって、それで『殺生柳屋敷』て言われるようになったらしいわ」

「ほなら、殺生柳はお芝居の話やったんやな」

あの頃感じていた恐ろしさが、今となればなんだか懐かしく思える。

「せやけどな」

藤次郎は急に改まったようにこう言った。

「あそこの庭には、池があってな。その辺《ほとり》には、二本の、それは姿のええ枝垂《しだ》れ柳が植えられていたんや」

「ほな、柳はあったんやな」

「その柳は、『夫婦柳《めおとやなぎ》』と呼ばれていてな」

するとたちまち清造の顔色が変わった。

「『夫婦』て、棟梁、もしかして？」

「せや、雄株《おかぶ》と雌株《めかぶ》の柳やったんや」

だが、お紗代には、それがどういうことか分からない。

「お紗代は知らんかったな」

藤次郎はお紗代に目を向けた。

「枝垂れ柳は、遥か昔に唐《から》の国から渡って来たんやが、そのほとんどが雄株なんや」

柳はとても強い木だ。挿《さ》し木で増える。だから種《たね》を飛ばす雌株がなくとも良い。

「つまり雌株の柳は、それは珍しい木なんどすわ」

清造がお紗代に言った。

「燃えたのは雄株の方やった。不思議なことに、庭木のほとんどが燃えたていうのに、側に植わっていた雌株には燃え移らんかったんや」

そう言ってから、藤次郎はうむと大きく頷いた。

「考えてみたら、まるで女房を守って死んだ亭主のようやな」

どこかしんみりとした口ぶりになって、藤次郎は盃《さかずき》を傾けた。

「夫婦の柳……」

ぽつりと源治が呟《つぶや》いた。

翌日の昼下がり、お紗代は源治と共に、「殺生屋敷」の門の前にいた。岩松が来るのを待っている間、お紗代は、「夫婦柳」について源治に語っていた。

「柳に雄株と雌株があったんは知ってたんやが……」

「珍しいんやて、お父はんが言うてたわ」

「イチョウやイチイ、それに桑の木もそうや。イチョウは分かるやろ。銀杏《ぎんなん》が採れる木が雌株や」

「銀杏はお父はんの好物や。焙烙《ほうろく》で炒《い》って、殻《から》を剥《む》いて、さっと塩を振って食べるんや。酒の肴《さかな》にええ、て」

「わては茶碗蒸しやな」

と言ってから、源治はふーむと考え込んだ。

「柳の実が食べられる訳やないしな。雌株かどうかなんぞ、考えたこともなかったわ」

食べることに結び付けるところが源治らしい。

「それよりも、『殺生柳屋敷』が全くのでたらめやったのは、少し残念やな」

まるで、事実であって欲しいような言い草《ぐさ》だ。

「うちは、ほっとした。継子虐めやなんて、ひど過ぎるわ」

お紗代の言葉に、源治は「そうやろか」と首を捻《ひね》る。

「酷《むご》い話かも知れんけど、人が欲をかくとええことにならん、ていう戒《いまし》めでもあるんやろ。芝居にはようある話や」

お紗代は改めて門に目をやった。かつては白壁の塀に囲まれた、なかなか立派な建物だったようだ。町屋の並びから離れた田畑の一角にあることから、かなり広い敷地を確保してある。

(これだけの土地を、十五年も放っておいたやなんて……)

なぜ、持ち主は京を離れる時、手放さなかったのだろうか。藤次郎は、紀州屋は江戸と大坂に店を出したと言っていた。いずれは戻るつもりだったのだろうか。

(それやったら、直すぐらいしておいても……)

「中、入ってみるか？」

源治が言った。だが、門扉《もんぴ》にはしっかりと錠前《じようまえ》が掛かっている。鍵は向かいの寺で預かっているからと、岩松が借りに行っているのだ。

「鍵が無《の》うても入れるわ」

周りを囲む土壁は、あちこちが崩れている。源治は壁伝いに歩きながら、生《お》い茂った草の間に、穴の開いた箇所を見つけていた。

「人が入ったんやったら、どこかに抜け道がある筈《はず》や」

「じきに岩松さんが戻って来るやろ。もう少し待ってみたらどうえ」

お紗代は源治を止めた。幾ら荒れていても、他人の土地には変わりない。

「お紗代さん、すっかり待たせてしもうて、すんまへん」

そこへ岩松が戻って来た。ただし、一人ではない。五十絡《がら》みの男を連れている。

「寺男の仁吉《じんきち》さんどす。昔、この屋敷の使用人やったそうどすわ」

紀州屋の廃屋は、長年、この仁吉が守って来たのだという。

「庭師『室藤』の娘で、お紗代て言います。どうしても、ここの庭を見せて貰いとうて、御無理を承知でお願いに上がりました」

お紗代は丁寧《ていねい》に挨拶《あいさつ》をした。仁吉は人好きのする笑《え》みを見せる。

「事情は、こちらの丁子屋さんから聞きました。先日、どこぞの若い衆が、勝手に庭に入り込んだようどすなあ。今まで、あの噂のお陰《かげ》で、こないなことはなかったんどすけど」

「例の、あの継子虐めの噂話は、でたらめやったそうどすな」

源治が尋ねた。よほど気になるらしい。

仁吉は「そうなんどす」と頷いた。

「六年ばかり前に、四条《しじょう》で人気の芝居がおました」

その芝居の題名が……。

「『殺生柳』どしたんや」

それが、継母に虐められた娘が柳の木で自死《じし》した話だった。娘の怨念《おんねん》が柳に移り、妹娘が細枝で首を絞められて死んだ。気が触れた母親が柳に火を付けて……。

「ただの戯作どしたんやけど、あまりにも真に迫っていたためか、ほんまの話やて思うたもんがいてはって。そんな折、ここの屋敷がその火事のあった場所やないか、て噂が広まりましてなあ」

そのせいで一気に注目を浴びたが、芝居があまりにも怖かったせいか、却って誰も近寄らなくなったのだ。

「それで安心してたんどす。それやのに、五人の若い衆が入り込んだ、て丁子屋さんに聞いて、それやったら、わしも見といた方がええて思いましてなあ」

庭は仁吉が案内してくれると言う。

「どないな芝居やったんやろ」

源治が興味を示した。

「わては、芝居は見んさかい……」

六年前といえば、お紗代は十三歳だ。芝居見物に初めて行ったのは十六歳の時だ。

「わてもあまり興味はおまへんなあ。それに、その頃は長崎にいてました」

岩松もかぶりを振る。

「戯作は誰が書かはったんどすか？」

岩松が仁吉に尋ねる。仁吉は思い出そうとするように、視線をふと遠くに流した。

「確か、『浮羽亭小文吾《うきはていこぶんご》』どした」

浮羽亭小文吾……。お紗代は思わずあっと思った。

「もしかして、絵草紙屋『浮羽堂』の主人と違いますやろか」

「せや、主人の名前は文吾郎やった」

岩松も納得したように頷く。

「せやけど、紀州屋さんは、なんでこのお屋敷を残してはるんどすか。廃屋のまま放っておくんやったら、売った方がええんと違います？」

お紗代は仁吉に尋ねた。そこがどうしても引っ掛かる。

「この家は、紀州屋の先代が建てはりました」

仁吉は話し始めた。

「先代は、庭に池を造り、その辺《ほとり》に二本の柳を植えはった。なんや珍しい雌株の木がある、て聞いて、雄株と並べて植えたんどす」

その頃、妻が病で亡くなっていた。

「先代は、その柳に、夫婦の姿を見てはったんどすやろなあ」

仁吉はしみじみとした口ぶりで言った。

「せやさかい、『夫婦柳』なんどすな」

お紗代の脳裏に、仲良く並んで、夏の風に枝をそよがせている二本の柳の姿が浮かんだ。

「今の旦那様《だんなさま》も、先代の想いがよう分かってはったんで、この屋敷を手放せへんかったんやろう、て思います。紀州屋が京を離れて大坂へ移る時も、わてに鍵を預《あず》けて行かはりました」

「ほなら、紀州屋さんは大坂にいてはるんどすか？　確か江戸にも出店《でみせ》があるとか」

お紗代の問いかけに、そうどすねん、と仁吉は言った。

「江戸の店が、思いのほか繁盛《はんじょう》しましてなあ」

紀州屋は、思い切って大坂を引き払い、江戸に移ることにした。

「今年の春の半ばに、紀州屋の主人が屋敷を見に来はりましたんや」

――仁吉、長い間、お前さんに任せっきりにして、すまなんだ。紀州屋は、江戸に根をおろそうて思うてる。この屋敷は売るつもりや――

「わても、いつかはそうなると思うてました」

火災で燃えた屋敷にも庭にも、もう昔の面影《おもかげ》はなかった。

「せめて、あの夫婦柳でもあれば、違《ちご》うたんかも知れまへん。せやけど、一本だけ残った柳を見て、却って決心がついた、て言うてはりました」

この敷地を売って、江戸の店を大きくするための仕度金《したくきん》にしたい、と紀州屋は仁吉に言った。

――お前も江戸へ来たらええ。京にいるのがええんやったら、纏《まと》まった金を渡す。これまで屋敷を守ってくれたんやさかい、その礼金や――

「この年で、今さら江戸に行きたいとは思わしまへん。今の仕事も性《しょう》に合《お》うてますさかい、この先、暮らせるだけの金がいただけたら、それで充分どす。ところが、いざ売ろうとしても、買い手がつかしまへんのや。その理由が……」

「例の『殺生柳』どすな？」

すかさず源治が口を挟んだ。

「芝居の興行から、もう何年も経って、そろそろ噂も消えるやろて時に、今回の丁子屋さんの話どすわ。また芝居の戯作にされると、ますます売れんようになります」

仁吉はやれやれ、と肩を落とした。

「そう言えば……」

お紗代はふとあることに気がついて、岩松に問いかけた。

「どうして、五人は『殺生屋敷』へ行こうて考えたんやろ？」

六年も経てば、たいていは、どんな噂話も消えている。「浮羽堂」の張り紙で、再び火が付いたとはいいえ、五人の年齢からすると、お紗代と同じで、そんな芝居があったことすら知らない筈だ。

「巳之助が、言い出したらしいんどす」

当時、十六歳。芝居好きで、その頃からよく四条の芝居小屋へ通っていた。

夜、巳之助の家に遊び仲間の四人が集まった。酒を飲んで盛り上がり、その勢いで殺生屋敷へと繰り出したらしい。

「その辺の事情は、巳之助の家の女中から聞きました。『これから肝試しや。朝までは帰らへんさかいな』て、威勢《いせい》良う出て行ったんやそうどす」

その巳之助は、明け方、正気《しょうき》を失った様子で連れ帰られ、以来、ぼうっとしたまま動こうとはしない。

「とにかく、早《はよ》う中へ……」

源治は屋敷内に入りたくてうずうずしている。おそらく、真《ま》っ先《さき》に夫婦柳を探したいのだろう。

錠前は古くて錆《さび》も浮いていたが、鍵は意外なほどすんなりと開いた。仁吉が、ひと月に一度は敷地内に入っていたからだ。

「手入れまではできしまへんけど、旦那様から任されているもんやさかい……」

寺での雑用をする傍《かたわ》ら、見回りだけは続けているのだ、と仁吉は言った。

中に入ると、予想していた通りの光景が目の前に広がった。焼け焦《こ》げた庭木が、見るのも痛々しい。家は玄関から奥へと黒々とした柱が立っているだけだ。屋根が半分ほど崩れているので、まさに廃屋そのものだった。座敷まで雑草に覆《おお》われ、うっかり入れば、床を踏み抜きそうだ。剝き出しになり、風雨に晒《さら》された襖《ふすま》に、わずかな金泥《きんでい》や緑が残っている。床《とこ》の間《ま》の柱や梁《はり》の一本にも、良い木が使われているのが一目で分かった。

一方、庭はというと、夏になって勢いを増した下草《したくさ》にすっかり埋もれている。庭石や岩も、ほとんど姿を見ることができない。

「さすがに旦那様も胸を痛めてはりました」

仁吉がぐるりと見回しながら、しんみりとした口ぶりで言った。

「わても、昔の姿を知っているだけに辛《つろ》うおす」

お紗代は視線を、焼け焦げた庭木に向けた。中には若い枝の生えているものがある。蘇《よみがえ》ろうとしている樹木の強さを、お紗代は改めて感じていた。

「中を見せて貰います」

岩松が仁吉に断って、燃え残った縁先から上に上がった。お紗代も続こうとしたが、すぐに岩松に止められた。

「床を踏み抜いたら危《あぶの》うおす。お紗代さんはそこにいて下さい」

岩松はそう言って、そろりそろりと中へと入って行った。

「ほな、わては柳や」

源治の目当ては、最初からあの雌株の柳なのだ。

庭の木々はそのほとんどが焼けているので、炭の棒杭《ぼうくい》が並んでいるように見えた。雑草ばかりが地面を覆っているが、日差しを遮《さえぎ》る物がないので辺りは明るい。

大きな枝垂れ柳は、庭のさらに奥まった所にあった。青々とした枝葉が優雅に風にそよいでいる。

「それにしても、あれだけの火事で、どういう訳か、あの木だけが残りました。それも全くの無傷どす」

仁吉が不思議そうに首を傾げた。

——まるで女房を守って死んだ亭主のようやな——

ふと、藤次郎の言葉が頭に浮かんだ。

（一人残された柳は、どないな気持ちやったんやろう）

お紗代の胸に、そんな思いが湧いて来る。

（自分一人が生き残るていうのんは、きっと、死ぬよりも辛いことなんかも知れん）

情が深ければ深いほど、共にいたいと願うだろう。それが、たとえ「この世」ではなかったとしても……。

（うちも同じなんかも知れん）

そう思った。

何かが足りないのだ。いて欲しい人が隣にいない。ぽっかりと開いたその場所を、埋《う》めるものが何もない。幻でも良いからその姿が見たいと思う。いいや、お紗代の場合は、初めから幻だったのだ。

お紗代は幻の市松に恋をした。その想いを認めたくなくて、市松のことは考えまいとしていた。残された柳と、残された、お紗代……。

その時、バキバキッと板の割れる音が聞こえた。

「中は荒れてますけど、人の入った跡はあらしまへん」

廊下《ろうか》から、片足を引き抜きながら岩松が言った。

「どうやら、巳之助等は、外で夜を明かしたようどすな」

そう言ってから、岩松は源治の姿がないことに気がついた。

「源治さんは、どないしはりました?」

きょろきょろと辺りを見てから、岩松はお紗代に問いかける。

「池の方へ行きました。柳が見たい言うて……」

「殺生柳どすか。わても見とうおます」

岩松は池の方へと歩き出した。

伸びた下草で歩き辛い。源治が踏みしだいた跡を辿《たど》って歩くのも、お紗代にはなかなか難しい。

「お紗代さんは、わての後ろを歩いとくれやす」

仁吉が先に立ち、岩松、お紗代と続く。

「柳はあそこどす」

仁吉が言って、片手を差し伸ばした。

池があった。辺には一本の枝垂れ柳が、優美な姿で細枝を揺らしている。その側に源治がいて、柳のつるりとした幹を撫《な》でていた。

「これは、確かにええ木や」

源治は興奮気味に、お紗代に言った。

「綺麗《きれい》な木やなあ」

お紗代は一歩近寄ろうとして、ふと足を止めた。柳の右側に、焼けて真っ黒になった棒杭がある。それが落雷に遭った、雄株の柳なのだろう。

その柳に重なるように、見知らぬ男が立っている。男はじっと両目を閉じているが、その姿がうっすらと透《す》けているように見える。

お紗代は息を呑んだ。立っているというよりは、まるで炭と化した柳に継ぎ足されたような恰好《かっこう》なのだ。

木を育てる方法に、接《つ》ぎ木がある。近しい種類の木に、他の枝や芽をくっつけるのだ。根に当たる方を台木《だいぎ》という。今、お紗代が目にしているのは、柳の台木に人が接がれている様相《ようそう》なのだ。

ふいに男が目を開けた。お紗代に気づき、男は必死の形相《ぎょうそう》でこう言った。

「助けて、おくれやす」

男はお紗代の方に両手を差し伸べて来る。

「あんさんは、誰どす?」

お紗代は怖れを感じて、一歩後ろに下がろうとした、その瞬間、男の手が、がしりとお紗代の腕を摑《つか》んでいた。

「わては、巳之助てもんどす。どうか、助けておくれやす」

「源治さんっ」

驚いたお紗代は、咄嗟《とっさ》に源治の名を呼んだ。ところが、いつの間にか源治の姿が消えている。源治ばかりか、岩松も仁吉もいなくなっていた。

その代わりに、一人の女がそこにいた。

淡い緑色の着物、同じ緑色の細帯……。肩から黒々とした長い髪を垂らした女だ。

抜けるように白い顔は、生き人の物とは到底思えない。手はやたらと細長く、ゆっくりと上下に動いている。そのしなやかな動きは、まるで、枝垂れ柳の細枝だ。

「あの女の人は、いったい誰なんどす?」

お紗代は恐怖を振り払うように、声音を強めて巳之助に尋ねた。だが、巳之助は固まったようにぴくりとも動かなくなっていた。

ただひどく怯《おび》えた目で、女を見つめている。唇がぼそぼそと動いて、同じ言葉を繰り返しているだけだ。

「た、すけて、おくれ、やす。ここ、から、わてを、だ、して、おく、れやす」

(とにかく、ここにいたらあかん)

そう考えたお紗代は即座に巳之助の手を取り、ぐいっと引っ張った。

すると、巳之助の身体が、焼けた柳の根元からすぽんと抜けたのだ。

(せや、ここに巳之助がいてる筈はないんや)

よく見ると、巳之助には足がない。腰の辺りがさらにうっすらとして今にも消えてしまいそうだった。

(巳之助は家にいる筈や。せやったら、これが巳之助の魂なんや)

巳之助の魂は、どういう訳か、焼けた柳の雄株に囚《とら》われているようだ。

魂を連れ帰れば、巳之助は再び元に戻るだろう。そう思ったお紗代は、巳之助の手を握《にぎ》ったまま、その場から逃げ出そうとした。

その時だ。片足が何かに巻き取られるのを感じ、お紗代は地面に倒れ込んでしまった。

顔を向けると、右の足首に柳の細枝が巻き付いているのが見えた。あの女の腕だ。

女の身体はひどく細く、背も高い。風に煽《あお》られる度に、大きく広がる髪も、柳の枝のように揺れている。

(これは、人やない。柳や)

そう思った時、巳之助の姿がないことに気がついた。慌てて起き上がり、巳之助を捜した。巳之助は、すでに女の傍らにいた。

「あかん、そこにいたら……」

その声に、女の視線が再びお紗代を捕えた。

「じゃ、まを、する、な」

と柳の女は言った。

女の側には、あの雄株の柳がある。無残にも、わずかに根元を残して燃え落ちた柳に、一本の若木が生えているのが分かった。

若木はお紗代が見ている前で、するすると伸びて行く。

「このものの、たま、しい、で、わが、おっと、は、よみがえ、る。ゆ、えに、じゃま、を、する、な」

女の切れ長の目が、強い意志を見せて光っていた。

「そないなことをしたら、巳之助さんは、どないなるんどす？　魂を取られてしもうたら、もう、生きて行かれしまへん」

それは、命を奪われることだ。

「巳之助さん、そこにいたらあかん。早《はよ》う、こっちへ来るんや」

巳之助の魂は、もはや何の反応も示さない。その姿は、ますます薄くなり、さらに透き通って行く……。

お紗代は、わずかに影の残っている巳之助の肩の辺りを両手で摑むと、後ろに引き戻そうとした。

その途端《とたん》、何かがお紗代の身体に巻き付いた。女はいつしか柳の木に変わっていた。

濃い緑の細葉を無数につけた長い枝が、綱《つな》のようにお紗代を縛《いまし》めている。お紗代はなんとか、枝から逃《のが》れようと必死にもがいた。遠くなって行く意識の中で、なぜか風鈴の音が聞こえていた。

ちりん……、ちりん……。


「お紗代ちゃん、お紗代ちゃん……」

遠くで誰かが呼んでいる。思わず目を開けると、間近《まぢか》に源治の顔があった。

「お紗代ちゃん、しっかりするんや」

耳元で叫ばれたので、頭がクラクラした。再び目を閉じると、ピシャリと何やら冷たい物を額に当てられた。

「お紗代さん、大丈夫どすか？」

今度は岩松だ。彼は濡《ぬ》れた手拭《てぬぐ》いを手にしている。

「ここは、どこどす？」

起き上がって、周りを見れば、風通しの良い座敷に寝かされていた。

「仁吉さんがいてはる寺の庫裏《くり》どす」

岩松は安堵《あんど》したように言った。

「ほんまに、どないなるかと思うたわ」

源治が己の両手で顔を隠《かく》した。

「うち、どないしたん？」

源治の肩が小刻みに震えている。泣いているようなので、お紗代は岩松に尋ねた。

「あの柳の木のところで、お紗代さんの様子が急におかしゅうなって……」

確かに、池の辺まで行ったのは覚えている。

「柳の木を見て『綺麗な木や』言うた途端に、身体が固まってしもうて」

と源治が続けた。

「何やらぼうっとして、目も、どこを見てるかも分からんようになるし……」

「そのまんま、気を失《うしの》うてしまわはったんどす」

岩松が声音を落として言った。

よほど心配していたのか、めったに涙を見せない源治が顔を何度も拭っている。

岩松は岩松で、真っ青な顔をしていた。

「巳之助と同じように、魂が消えたかと思いました。わてのせいや、どないしよう、て思うと……」

「せや、あんたのせいやっ」

突然、源治が声を上げた。源治は岩松の胸元を摑むと、さらに声を荒《あら》らげる。

「お紗代ちゃんを巻き込んで、こないな目に遭わせよって」

「源治さん、やめて」

お紗代は逆上する源治に縋《すが》りついた。

「これは、うちが決めたことや。うちは『庭封じのお紗代』なんやさかい……」

それから、お紗代は岩松に言った。

「うち、巳之助さんを見つけたわ」

えっと、岩松は一瞬呆けたような顔になる。

「あの庭には、わてらの他に、人なんぞいてへんかったえ」

源治は先ほどの勢いを忘れたかのように、不思議そうに首を捻る。

お紗代は、自分が見聞きしたことを二人に話した。

「あの柳の木や。たった一本残った雌株の柳が、巳之助さんの魂で、雄株の木を蘇らそうとしてるんや」

源治の目が怯えたように、お紗代を見ていた。

「お紗代ちゃん、大丈夫か」

源治はそろそろとお紗代の方に近づいた。

「頭が、おかしゅうなってんと違うか？」

「柳が……」

その時、岩松が何かに気がついた。

「確かに、焼けた柳の木に若木が生えてましたわ」

「木、てもんは……」と、源治はその目を岩松に向ける。

「たとえ燃えたかて、根が残れば、やがては新芽を芽吹くもんどす。雑草かて、どれほど抜いても、すぐにまた生えて来よります」

「うち、もう一度、あの庭に行ってみる」

そう言って、お紗代が立ち上がろうとした時だ。

「気がつきはったようやな」

廊下で声がした。見ると、一人の老僧が仁吉と並んで立っている。

「和尚《おしよう》さんに言われて、気付けの薬を煎《せん》じて来ました」

仁吉は座敷に入って来ると、お紗代の前に湯飲みの載った盆を置いた。

「冷ましてありますさかい、すぐに飲めます」

お紗代は「おおきに」と、仁吉に礼を言うと、湯飲みの薬湯《やくとう》を一息に飲み干した。その途端、口中に苦味《にがみ》がワッと広がり、すぐには何もしゃべれなくなった。

「この寺の住職で、光顕《こうけん》和尚様どす」

仁吉の言葉に、お紗代は和尚に向かって頭を下げる。

「うちは、庭師の……」と言いかけたが、まだ苦味が残っていて、上手《うま》く口が回らない。

「挨拶はかましまへん。そちらのお二人から聞いてますさかい」

白く長い顎鬚《あごひげ》をしごきながら、光顕和尚は相好《そうごう》を崩した。垂れた目じりが優しそうだ。

「今、そこで話を聞かせて貰いました」

光顕はそう言ってから、今度はお紗代に真剣な目を向ける。

「紀州屋さんの空き屋敷を見に来はった理由は、仁吉が話してくれました」

光顕はすでに事情を知っているらしい。

「おそらく、あんさんが見たのは、禍霊《まがたま》やないか、と……」

「まがたま、どすか」

三人は声を揃《そろ》えて問い返した。

「木には木霊《こだま》が宿るていいます。文字通り、木の霊魂《れいこん》どすわ。本来は、清《きよ》らかな魂どすけど、これが何か強い念を持つと禍霊てもんに変わるんどすわ」

「ほな、うちが見たんが、柳の木の禍霊やて言わはるんどすか」

「いかにも」と光顕は頷いた。

「柳の木は、元々霊性が強いんどすわ。それだけに霊力も宿り易《やす》い。夫婦柳と言われた柳どす。失った夫を取り戻したいとの強い思いから、人の魂を奪うたんやろ」

「柳が、人の魂を使《つこ》うて、雄株を元通りの姿にしようて考えたんどすか？」

源治はどうも納得できないようだ。

「人の魂は、他のどないなもんよりも、生きることへの執着《しゅうちゃく》が強うおます」

「せやけど、その柳の木が落雷《らくらい》で燃えたんは、七年前どす。なんで、今になって、人の魂を奪おうなんぞと思うたんどすやろ」

取り戻すなら、すぐにでもできた筈だ。だが、これまでに、魂が消えた者の話など聞いたことがない、と岩松は言った。

「あの芝居どす」

仁吉が声を上げた。

「浮羽亭小文吾の戯作のせいで、誰も紀州屋の屋敷跡には、近づかんようになってましたさかい……」

「せやけど、仁吉さんは、あの庭に入ってもなんともなかったんどすやろ」

源治が尋ねた。確かに、仁吉は見回りのために、何度も庭に足を踏み入れている。

「あんまり、庭の奥までは行ってしまへんのや」

と、仁吉は答えた。

「家とその周りぐらいどす。噂のせいで、人も入って来いひんて思うてましたし、何よりも、盗《と》られるもんもあらしまへん」

「結局、浮羽堂の張り紙が、巳之助を屋敷跡に呼び込んだ、てことどすな。浮羽亭の芝居が、屋敷から人を遠ざけていたんやとしたら、なんや皮肉な話や」

岩松がしみじみとした口ぶりで言った。

「どないしたら、巳之助さんを助けられるんどすか?」

お紗代は光顕和尚に尋ねた。

日はすでに傾いている。急がなければ、本当に巳之助の命が奪われてしまうのだ。

「木を伐《き》ることどすな」

光顕はきっぱりと言った。

「禍霊の宿る木を断ち切るしか、方法はあらしまへん」

「分かりました」と、お紗代は頷いた。

「そないしますよって、斧《おの》を貸して下さい」

再び池の辺にやって来た三人は、唖然としてその光景を見つめていた。

「柳が、二本になってる……」

元々あった雌株の隣に、その半分ほどの丈《たけ》に育った柳が、夕暮れの風に枝葉をそよがせていたのだ。

お紗代の目には、その若い柳に被《かぶ》さるように巳之助の姿が見えた。もはや巳之助は首だけしか残ってはいない。目を閉じて、すでに何もかも諦《あきら》めている様子だ。

雌株の柳は嬉しそうに、雄株にその枝を絡《から》ませている。

その幹にあの女の顔が浮かんでいた。

女は鋭《するど》い目をお紗代に向けた。

――じゃま、を、するな、と、いったはずだ――

今度は容赦《ようしゃ》しないという強い念が、お紗代の胸を打つ。

(堪忍《かんにん》。せやけど、巳之助さんを返して欲しいんや)

お紗代は源治を見た。それを合図《あいず》に、源治は手にした斧を、柳の木に打ち込んだ。

だが、斧は虚《むな》しく弾《はじ》き返された。

源治は何度も何度も斧を振るうが、柳の幹には、傷一つつかない。

ふいに枝葉が伸びて来て、源治の身体を搦《から》め捕《と》った。振り上げた斧を持ったまま、源治はその動きを止めてしまった。

次の瞬間、岩松が源治の手から斧をもぎ取った。今度は岩松が幹に斧を叩き込む。

源治がうめき声を上げた。柳の細枝が、源治の首を絞め上げたのだ。

再び、岩松は斧を振り上げた。今度は、その腕に柳の枝が巻き付いた。岩松の手から斧が落ち、岩松の身体は鞭《むち》のようにしなる枝に、弾き飛ばされてしまった。

柳は源治の首を絞めたまま、その身体を徐々に持ち上げて行く。源治の足の先が痙攣《けいれん》していた。

咄嗟に、お紗代は斧を拾い上げていた。

斧を打ち込んだが、柳の幹に弾かれた。一度、二度、その間、柳の枝は、鞭のようにお紗代の身体を幾度も打ち据《す》えた。着物の袖が破れ、斧を持つ腕には傷が縦横に走ったが、痛みなど感じている暇はなかった。柳は岩松の身体も捉《とら》え、細枝がお紗代の首の辺りに触れて来る……。

日も落ちてしまったのか、すでに闇が迫っていた。夜と共に、さらに柳は力を増して行くようだった。ザワザワと無数の枝葉が騒ぎ立てていた。柳は風もないのに揺れ、枝は大きく波立っている。

初めて、お紗代は心底恐怖を感じた。今、お紗代は一人だった。一人で柳の禍霊と対峙《たいじ》しているのだ。

足が震《ふる》える。できることなら、この場から逃げ出したかった。だが、源治も岩松も置いてはいけない。何よりも、巳之助の命は、今にも消えようとしていた。

「助けて、市松さん……」

思わずお紗代は叫んでいた。

(うちだけでは、できひん。助けて……)

その時だ。耳元で、ちりんと風鈴が鳴った。ハッとしたお紗代の背後で、人の気《け》配《はい》がした。

手にしていた斧が、ふいに軽くなった。誰かが斧を持ち上げている、そんな感じだった。

お紗代は力一杯斧を振り下ろした。すると、柳の幹に、斜《なな》めに裂《さ》け目が入った。

(もう一度や)

お紗代は同じ箇所《かしょ》を狙《ねら》って、再び斧を打ち込んだ。

さらにもう一度……。

斧を振り上げながら、お紗代は誰かが手に触れているのを感じた。

(市松さんや)

すぐにそう思った。

派手な水音を上げて、源治の身体が池に落ちた。柳の木の裂け目がさらに広がっていた。

――なぜ、じゃま、をする……――

柳の声がお紗代の脳に響く。

――われ、が、なにをした？　われは、おっとを、よみがえ、らせ、たかった、だけだ。いと、しい……。いとおしい……――

「あんたの気持ちは、分かってる」

お紗代は柳に向かって叫んだ。

「せやけど……、あかんのや」

お紗代はさらに斧を打ち込んだ。

（あかんのや、あかんのや……）

胸の内でお紗代は何度も叫んだ。まるで、柳にではなく、自分自身に言い聞かせているようだった。

住む世界が違う。お紗代は「この世」にいて、市松は「あの世」にいる。どれほど心が繋《つな》がっていても、それは、いずれは断ち切らねばならない細い糸だ。

突然、轟音《ごうおん》がした。まるで雷でも落ちたようだった。お紗代の身体は、背後に大きく吹き飛ばされた。倒れたお紗代の上に、粉々《こなごな》になった木屑《きくず》が降り掛かって来る。

その瞬間、悲鳴にも似た叫び声が聞こえた気がした。それは長く長く尾を引いて、お紗代の耳にいつまでも響いていた。

（泣いているんや）

お紗代には分かった。

柳の声は、お紗代の胸に悲しみの跡をくっきりと残す。

（堪忍して。どうか、諦めて……。せやけど、必ず……。約束するさかい）

やがて、辺りが静かになった。

目をやると、岩松が起き上がるのが見えた。

「岩松さん、大丈夫どすか」

お紗代は岩松に声をかける。

「へえ、お紗代さんこそ……」

お紗代はなんとか立ち上がった。

雌株の柳は根元から一尺（約三十センチ）ほどを残して、粉々に飛び散っていた。傍らの雄株の若木もなくなっている。

バシャバシャと音がして、源治が池から上がって来た。

「源治さん、無事やった？」

お紗代は駆け寄って、源治を見上げた。ずぶ濡れになった源治の首には、柳の細枝が巻き付いている。

「ようやったな、お紗代ちゃん」

源治は枝を取りながら言った。

「せやけど、傷だらけや。棟梁に叱られるわ」

「かまへん。薬やったら、岩松さんがくれはる」

お紗代はそう言って、岩松に笑いかけた。

岩松はしばらく無言でいたが、やがてお紗代に深々と頭を下げた。

「すんまへん。怖ろしい思いをさせてしもうて」

「ええんや。うちは、……に、ちゃんと守って貰《もろ》うたさかい」

お紗代は、市松の名前をごまかした。岩松は怪訝な顔をしている。その顔に、ふいに市松の面影が重なった。

(おおきに、市松さん。お陰で岩松さんを守ることができた)

お紗代は柳の雄株に視線を向けた。もはや巳之助の姿は消えている。

「これで、巳之助さんも元に戻らはる」

それからお紗代は源治に言った。

「その柳の枝、捨てんといて」

「これか?」と、源治は握っていた細枝をお紗代の前に差し出した。

「何をしているんや」

翌日の日暮れ時、室藤の庭にいるお紗代と源治に、藤次郎が声をかけて来た。

「お父はん、ここに植えてもええやろ」

お紗代は源治のいる場所を指で示す。そこには、二本の挿し木が植わっていた。

「ほう、柳か……」

と言ってから、藤次郎は「おっ」と小さく声を上げる。

「これは、もしかして……」

「せや。雄株と雌株の枝どすわ」

と源治が得意げに言った。

「どないしたんや？」

「へえ、ある所から貰《もろ》うてきましたんや」

柳は挿し木で増える。お紗代は、雄株に芽生えていた若木と、源治の手に残っていた雌株の枝を持ち帰っていた。

「まるで、夫婦柳やな」

と、藤次郎は満足そうに笑った。

(これで、あの柳はまた一緒にいられる)

お紗代は、柳との約束を果たしたのだ。

夕凪に、ちりんと軒下の風鈴が鳴った。
市松の事は忘れよう……。
市松もそれを望んでいるような気がした。
「なあ、お紗代ちゃん……、わてと……」
その時、源治が何かを言いかけた。
だが、突然風が巻きあがり、源治の言葉を吹き飛ばしてしまった。

其の五

鬼《おに》呼《よび》の庭

　七月も半ば、十四日になると、京では各所で町踊りが始まる。十五日の盂蘭盆《うらぼん》会《え》、十六日の大文字《だいもんじ》の送り火、と夏の行事が次々に終わる中、この町踊りは二十四日、または月末まで続く。

　十八日の昼間、源治《げんじ》から「夕方、御所踊《ごしょおど》りを見に行かへんか」と誘《さそ》われたが、お紗代《さよ》はそれを断っていた。

　父親の藤次郎《とうじろう》から、夕餉《ゆうげ》の後に話があると言われていたのだ。妙に改まった態度で切り出されると、なんだかひどく気になって、お紗代は朝から落ち着かなかった。

　珍しく晩酌《ばんしゃく》もせずに夕餉を終えた藤次郎は、一番弟子の清造《せいぞう》の隣にお紗代を座らせた。

「棟梁《とうりよう》、話てなんどす？」

　藤次郎は二人の前で腕組みをしたまま考え込んでいる。待ちくたびれた清造がついに口火《くちび》を切った。

「話は、この『室藤《むろふじ》』のことや」

　腕を解《と》いた藤次郎は、おもむろに言ってから、さらにこう続けた。

「清造、お前、お紗代と夫婦《めおと》になって、『室藤』を継いでくれへんか？」

　突然のことに、清造は面食《めんく》らったようだ。返す言葉もないのか、ただ茫然《ぼうぜん》と藤次郎を見つめている。

　そんな二人の様子を脇から眺めながら、お紗代はぼんやりと考えていた。

（お父はんは、何を言うてんやろ。清さんと誰が夫婦になるんやて？）

「お前も二十九や。来年は三十歳になる。所帯《しょたい》を持つには遅いくらいや。お紗代も、もう十九歳になる。わしとしては、お前が婿《むこ》になって跡を継いでくれたら、どないにええか……」

「お父はんっ」

　お紗代は声を上げていた。やっと、藤次郎が自分の縁組《えんぐみ》の話をしていることに気づいたのだ。

「うちは……」

　お紗代が答えようとした時、逸早《いちはや》く、清造が口を開いた。

「お断りします」

　お紗代は呆気《あっけ》に取られて、思わず清造を見つめた。清造の顔は、いつになく怖《こわ》いぐらいに真剣《しんけん》だった。

「嬢《とう》はんが、気に入らんのと違います」

　お紗代を気遣《きづか》うように、清造はすぐに声音《こわね》を和《やわ》らげた。

「わてには、惚《ほ》れた女がいてますよって」

しばらく間《ま》が空《あ》いた。やがて藤次郎は「ほうか」とだけ言った。

「ほうか、よう分かった」

そう言って、藤次郎はいきなり立ち上がった。

「お父はん、うちの話も……」

聞いてと言おうとしたが、藤次郎は小さくかぶりを振って、「もうええ」と言った。

「この話は、また今度や」

と、藤次郎は座敷《ざしき》を出て行ってしまう。

「清さん、どないしょう」

思わずお紗代は清造を見た。

「お父はん、機嫌《きげん》が悪うなったみたいや」

「わてと嬢はんが一緒になるんが、棟梁にとっては、一番ええことなんやろ」

「清さん、さっきの話、ほんま？」

清造は十歳も上だ。世間にはそれぐらい年の離れた夫婦もいる。あり得る話ではあったが、お紗代はそんなことは微塵《みじん》も考えたことはなかった。

今は、清造の口からはっきり断ってくれたことでほっとしている。それが本心《ほんしん》だったが、何よりも、清造に心に決めた女がいたことには、ひどく驚かされた。

「惚れた女がいてるのは、ほんまの話や」

「その人と、一緒になるん？」

お紗代は益々《ますます》関心が湧いて来る。確かに清造は男ぶりが良い。これまでにも、女たちから好意を持たれたことが何度もあるのは、孝太《こうた》や庄吉《しょうきち》の口から聞いていた。

——幾《いく》ら仕事が命でも、あない堅《かた》いことを言わんでも……——

二人はそう言って首を傾《かし》げていた。

「一緒になるかどうかは、分からへん」

清造の言葉に、お紗代は肩透《かたす》かしを食《く》った気分だ。

「夫婦になる約束は？」

「……まだ、してへん」と、清造は気まずそうに目をそらす。

「せやけど、清さんの方は、そのつもりなんやろ」

「女房にするには、あのおなごしかいてへんとは、思うてる」

それだけは、やけにはっきりと言い切った。

「その人の方は、清さんを好いてへんの？」

「嬢はん。夫婦になるんは、好いた惚れただけではあかんのや」

清造は、すでに経験者のような口ぶりだ。

「好き合《お》うてるさかい、一緒になるんやろ。何があかんの？」

お紗代はなんだか子供扱いされてるようで、少しばかり腹が立った。

「なんや、いつもの清さんらしゅうない。もっとはっきり言うて」

さすがに声音を強めると、清造はじっとお紗代を見つめてこう言った。

「嫌いなんどすわ」

「嫌い、て何が。清さんが嫌われてる、てこと？」

なんて女だろう、と、今度は相手の女に対して腹が立って来る。清造ほどの男は、京の町中を捜してもそうそういるものではない。そう言おうとして口を開きかけた時、清造はぽつりとこう言った。

「庭師を嫌《きろ》うてんのや」

思わずお紗代は言葉に詰《つ》まる。

「せやさかい、わてに庭師をやめろ、てそない言うんや」

すっかり声を失ってしまったお紗代に、清造はにこりと笑いかけた。

「わての事よりも、嬢はんの方や。いつまで、源治を待たせるつもりなんや？」

「源治、さん？」

お紗代は呆気に取られた。

「待たせる、て……。うちと源治さんはそんなんと違う」

即座《そくざ》に否定したが、声が少し上《うわ》ずっているのが自分でも分かった。

「うち、源治さんから、それらしいことは一言も……」

と言いかけて、ふと考え込んだ。

(庭に夫婦柳《めおとやなぎ》を挿《さ》し木した時……)

――なあ、お紗代ちゃん……、わてと……――

あの後《あと》、風に飛ばされた言《こと》の葉《は》はなんだったのか？

――わてと、一緒にならへんか――

それとも……。

――わてと、所帯を持たへんか――

よく聞き取れなくて問い返したが、源治はいつものようにへらへらと笑うだけだった。

「夫婦約束をしてへんのやったら、その方がええ。源治は空木屋《うつぎや》の跡取りや。嬢はんもいずれは婿を貰《もろ》うて、室藤を継がなあかん身や」

お紗代も、全く考えていなかった訳ではない。

「わても嬢はんも、これから先のことを、いろいろと考えなならんようになった。そう言うことや」

去り際に清造が放ったその言葉は、水に投げた石のように、ゆっくりとお紗代の胸に沈んで行った。

自分が誰かと夫婦になる……。一人になったお紗代は、改めてその事を思った。

（誰か好《す》いた人と一緒になる）

清造に言われるまでもなく、これまでの源治の行動には、お紗代への好意があるのは感じていた。

だが、お互いその先へ一歩踏み出せないのは、背負っている物があるからだ。源治は「空木屋」を、お紗代は「室藤」を……。二人だけの情熱で、どちらかを捨て去るには、あまりにも重い荷物だった。

ふいにちりんと風鈴《ふうりん》が鳴った。暑さは残ってはいても、初秋ともなると風鈴の音は涼《すず》しさよりも寂《さび》しさを呼ぶようだ。

ちりん、ちりん、ちりん……。じっと聞いていると、まるで市松《いちまつ》が優しく語りかけて来るような気がした。

あの韓藍《からあい》の庭で二人が出会ってから、もうじき一年が経つ……。

「ええか」

その時、藤次郎が座敷へ戻って来た。父はすでに眠ったものと思っていたお紗代は、少しばかり驚いた。

「かまへん。うちも話があったし……」

清造がお紗代との縁組を断ったことが、よほど堪《こた》えたのだろうか。藤次郎はどこかしょんぼりとした様子《ようす》に見える。

「お紗代、わしは、室藤を継ぐんは清造しかいてへんて思うてる」

どこか決意の表情を見せて、藤次郎はきっぱりと言った。

「ほんまは、お前の婿にと思うたが、清造にその気がないんやったら、室藤の養子《ようし》にしようて思うてるんや」

「養子、て……。ほな、清さんがうちのほんまの兄さんになる、てこと？」

それは、お紗代にとっても喜ばしい話だった。

清造には身寄りがいない。清造の父親は庭師で、室藤の職人だった。普請《ふしん》の最中に、大石が転がり落ちる事故があり、その怪我《けが》が元で若くして亡くなった。その後、母親も亡くなり、清造は九歳で二親《ふたおや》を失った。

その清造を室藤の先代が引き取り、藤弥《とうや》が亡くなった後は、藤次郎が庭師として育て上げたのだ。

「この話は、まだ清造にはしてへんのや。清造に夫婦約束をした娘さんがいてるんやったら、室藤に嫁《よめ》に来て貰うことになる。ただ、そないなったら、お前もここには居づらいんやないか、て思うてな」

確かに、清造はすでに身内のようなものだ。藤次郎にとっても息子同然《どうぜん》だった。

「うちは、小姑《こじゅうと》やさかいな」

自分で言いながら、その言葉が心にザラリとした感触を残す。娘がいつまでも実家にいられないのが、世の習いだ。

「清造が室藤を継いでくれるんやったら、お前を嫁に出してやれる。お前が望むんやったら、源治と一緒になることかて……」

「お父はん、うちと源治さんは、そないな仲やない」

と言いながらも、お紗代の胸の内は複雑だった。清造が跡を継いでくれるのなら、もうお紗代は室藤を背負う必要はなくなる。

しかし、大事な幼馴染《おさななじみ》を、夫として考えられるか、と言えば……？

今のお紗代の心を占めているのは、別な男への想《おも》いだ。しかも、厄介《やっかい》な事に、決して将来を共にできる相手ではない。

(うちだけの勝手な想いなんや)

そんな中途半端《ちゅうとはんぱ》な気持ちでは、たとえ源治から望まれたとしても、応《おう》じられる筈《はず》もなかった。

「まあ、そこのところは、お互いに話し合《お》うたらええ。お前は室藤のためを思わんでも、好きな所へ行けるんや」

藤次郎には、到底《とうてい》、お紗代の心は理解できないだろう。

「なんで急にそないな事を言うん？」

お紗代は反対に問いかけていた。

「そないうちを追い出したいん？」

冗談《じょうだん》めかして言ったのは、今はこの話を避けたかったからだ。

「先日、客があったやろ」と藤次郎は言った。

「送り火の晩のこと？」

客は室藤の得意先でもある、茶葉問屋《ちゃばどんや》「貴千堂《きせんどう》」の隠居《いんきょ》、久右衛門《きゅうえもん》だった。

藤次郎と談笑《だんしょう》し、碁《ご》を打って帰って行った。夕餉の後だったので、軽い酒肴《しゅこう》を用意し、お紗代も挨拶《あいさつ》に顔を出した。

小柄で温和《おんわ》な好々爺《こうこうや》といった感じの人物で、ニコニコしながらお紗代を見ていた。藤次郎の方が仕事で出向くことはあっても、久右衛門が家に来るのは初めてだ。

「久右衛門さんは、お前に縁談を持って来たんや」

「それやったら、断ってくれても……」と言いかけたお紗代を、藤次郎は片手を上げて制していた。

「久右衛門さんに、間に入るよう頼んだんは、お前のよう知っている人や。それやったら、わしも本腰《ほんごし》を入れて考えなならんて思うてなあ」

さすがに藤次郎も先延《さきの》ばしにはできないと考えたようだ。

「知ってる人、て誰なん？」

思い当たる節《ふし》もなく、何気《なにげ》なく尋《たず》ねたお紗代に、藤次郎がぽつりと言った。

「丁子屋《ちょうじや》さんや」

「丁子屋さん、て……。岩松《いわまつ》さん？」

「せや」と藤次郎は頷《うなず》いた。

「久右衛門さんは、丁子屋の先代とは竹馬《ちくば》の友やったそうや。その友人の息子が、是非《ぜひ》ともお前を嫁にしたい、て、頼んで来たそうや」

お紗代は呆気に取られて、藤次郎の顔を見つめるばかりだ。

「源治にしろ、丁子屋さんにしろ、お前が嫁ぐのには変わりはあらへん。それでわしも心が決まった。清造を養子にして嫁を迎える。それはお前も承知《しょうち》してくれるやろ」

「うん」とお紗代は頷いた。清造のことはそれで良いと思う。ただ、相手の女の方に、何やら事情があるようなのだ。

「うちのことは、もう少し待って。すぐには決められへんさかいに……」

「ゆっくり考えたらええ。ただなあ……」

と、藤次郎は声を詰《つ》まらせた。よく見ると、何やら泣いているようだ。

掌《てのひら》でごしごし目元を擦《こす》ると、藤次郎は改めてこう言った。

「送り盆の晩にお前の縁談話が来たもんやさかい、まるで、お信乃《しの》が持って来た縁組のように思えてなあ」

「お母はんが……」

「お信乃は十七歳で嫁に来た。なんや、いつまでも娘を手元に置いておいたらあかん、て叱《しか》られているようで……」

「幾らなんでも考えすぎや。そないにうちを追い出したいん？」

お紗代はわざと笑ってみせる。

「それより、お母はんのことを聞かせて」

お紗代は藤次郎に懇願《こんがん》した。

「うち、お父はんとお母はんが夫婦になった時のこと、まだ聞いてへん」

おそらく、清造の話が耳に残っていたのだろう。清造には好きな人がいる。だが、清造の言葉を借りれば、「好いた惚れた」だけでは一緒になれないらしい。

「お父はんがお母はんに一目惚れしたん？　それとも、お母はんの方が……」

「惚れるもなんも……」と、藤次郎は照れたように笑った。

それは、祖父の藤弥が決めた婚姻《こんいん》だったという。

「その日、庭普請《にわぶしん》の仕事の差配《さはい》をわしに任せて、親父《おやじ》はどこかに出かけて行った。仕事が終わって家で一息ついてた時や。戻るなり『お前の嫁を見つけて来た』て、そない言うんや」

冗談だと藤次郎は思った。

――親父、仕事をほっぽって、どこぞで酒でも飲んでたんやないか――

「酔っぱらって狐にでも化《ば》かされたんやろう、て」

ところが、藤弥は真顔《まがお》でこう言ったのだ。

――二条新町《にじようしんちよう》に『栄木屋《さかきや》』て植木屋がある。そこの娘や。十七歳になる――

「『栄木屋』は、植木を扱《あつこ》うとる。船岡山《ふなおかやま》の東側に、広い土地を持っとってな。庭に植える木や花を育ててはる」

「知ってる。桜の木もあったし、藤や牡丹《ぼたん》の咲く頃は、近所の人も見物に来てた」

幼い頃、母の身体《からだ》が弱かったせいで、お紗代は二条新町の「栄木屋」に預けられることがよくあった。祖母のお紀代《きよ》は、母親を恋しがるお紗代を幾度も栄木屋の植樹園に連れて行ってくれたのだ。

「お弁当持って、駕籠《かご》に乗せて貰《もろ》うて……。楽しかったんを覚えてる」

もう栄木屋に祖父母はいない。主人だったお信乃の兄も亡くなり、従兄《いとこ》が継いでいるが、会うのは法事《ほうじ》か祝い事の時くらいで、今では室藤とは商売上の付き合いがほとんどだ。

「お信乃は大人《おとな》しい娘で、会《お》うても挨拶ぐらいしか交《か》わしたことはなかった。色白の別嬪《べっぴん》で、わしみたいな武骨《ぶこつ》な男には不似合《ふにあ》いやて思うてた」

　ところが、お信乃の方はそうでもなかったらしい。藤弥から話を持ち込まれた時、恥ずかしそうにしながらも、すぐに承知した。

「お信乃の母親のお紀代さんと、わしの親父は従兄妹《いとこ》同士でな」

「元々親戚《しんせき》やったん？」

　そんな話は初めてだ。お紗代は驚いて問い返す。

「二人の母親が姉妹《きょうだい》でな。実家っちゅうのが上賀茂村《かみがもむら》にあって、代々、神庭守《かんばもり》の家やったんや」

　神庭守……。その名の通り、神社の境内《けいだい》の木々の世話をする庭師だ。

「なんせ神さんの御住《おす》まいを綺麗《きれい》にするんや。社《やしろ》の敷地の樹木は、暴風雨を遮《さえぎ》るだけやのうて、鬼や魔物や、人の邪念《じゃねん》からも守るものや。せやさかい、神庭守は精《しょう》進潔斎《じんけつさい》をしてから庭普請に臨《のぞ》む」

　何やら随分堅苦《ずいぶんかたくる》しそうな話だ。

「お祖父《じい》はんのお母はんは、そないな家の娘やったんやな」

「せや」と藤次郎は小さく笑った。それから急に真剣な顔でこう言った。

「お前が、『庭封じ』なんぞと言われているのも、そのせいかも知れん」

「それ、どいうこと？」

お紗代の噂は、あちらこちらで囁《ささや》かれるようになっていた。とはいうものの、あくまで「庭」に関わる話ばかりだ。そうそう人の住む家の庭で、怪しい出来事が起こる筈もない。

「お祖父はんが、占いみたいなことをしてたんは言うたやろ」

うんと頷いてから、お紗代は、時標《ときしるべ》の石のことを思い出した。

「今から思うと、血筋は争えんてことなんやろなあ。わしにはそないな力は無かったんやが、お信乃には少しはあったようや」

考えてみれば、藤次郎にとって、お信乃は又従妹《またいとこ》に当たる。

「天気を当てるのが、そりゃあ上手《うま》かった」

藤次郎はどこか懐《なつ》かしそうに目を細めた。

「雨が降れば、庭師は仕事にならん。雨降りの日が分かれば、それに合わせて仕事の段取りができる。せやけど、いきなりの夕立《ゆうだち》は別や。朝、雲一つない空やのに、お信乃が『雷《かみなり》さんが来る』て言えば、早々《そうそう》に仕事を切り上げた。家に戻った頃には大降りや。そないな事がようあった」

「せやったら、うちはお母はんに似たんやろか」

それはちょっと嬉《うれ》しい。

「お信乃に似たんか、親父に似たんか、それとも、やっぱり『神庭』の血なんか」

藤弥の母親の実家は、屋号を「木瀬屋《きせや》」と言った。だが、いつしか、「上賀茂の神庭」で通るようになっていた。

次の瞬間、藤次郎は何かに気づいたようにハッとお紗代を見た。

「そうや、そないしても良かったんや」

「お父はん、どないしたん？」

突然のことにお紗代は戸惑《とまど》うばかりだ。

藤次郎は声音を強めて、お紗代に言った。

「もしお前が、『庭封じ』の力がいらんて思うんやったら、『木瀬屋』の当主に頼んでみたらええんや」

お紗代の頭はすっかり混乱してしまった。藤次郎の言葉の意味がすぐには呑み込めなかったのだ。

「今の当主は、お江《こう》ていう八十歳になろうて婆様《ばばさま》が務《つと》めとる。そのお人には、鬼の姿を見、声を聞く力があるそうや。せやさかい、『鬼呼《おによび》の巫女《みこ》』と呼ばれとる」

「鬼呼の巫女……」

初めて聞く話に、お紗代は声を失っていた。

（もしかしたら、そのお江さんは、うちと同じような……）

いいや、とお紗代はかぶりを振った。

（うちよりも、もっと強い何かを持ってはるんかも知れん）

「お前の縁組はその後でもええ。『庭封じのお紗代』なんぞと言われていたら、気《き》味《み》悪がるもんもいてるやろ」

口には出さずとも、それを藤次郎は案じていたようだ。まるで今すぐにでもお紗代を「木瀬屋」に連れて行きそうな勢いだ。

「待って、お父はん」

お紗代は藤次郎に懇願するように言った。

「うちの事は自分で決めるさかい」


その夜、布団《ふとん》の中で、お紗代は清造の「好きな人」をあれこれ考えてみた。当然、お紗代には見当もつかない。

（庄吉と孝太は知ってるんやろか）

だが、やはり彼等《かれら》の知っている事なら、とっくにお紗代の耳に入っているだろう。

考えていると眠れなくなった。風も無いのか、風鈴の音も聞こえない。お紗代は起き上がると、御簾《すだれ》を掲げて廊下《ろうか》に出た。庭がしっとりと湿っている。虫の声に秋の気配《けはい》を感じた。

「お紗代ちゃん……」

と、誰かが小声で呼んでいる。見ると庭の木戸《きど》の辺りで黒い人影が動いた。

「わてや、源治や。起きてるんやったらこっちに来てくれへんか？」

お紗代は庭先に脱いであった下駄《げた》をつっかけると、木戸へ向かった。

「御所踊りの帰りなんや。空木屋の職人等と行って来た」

酒でも入っているのか、源治は酔いを冷まそうとするかのように、団扇《うちわ》で忙《せわ》しなく煽《あお》いでいる。

木戸は中庭と表庭を遮っている。表庭に入るには、門を通らねばならなかったが、夜は閉まっている筈だ。

「どうやって入ったん？」

尋ねると、源治は塀を乗り越えたのだと答えた。

「盗人《ぬすっと》みたいやな」

お紗代が呆《あき》れると、源治はへへと子供のように笑った。

「棟梁には内緒やで。お紗代ちゃんの顔も見たことやし、すぐ帰るわ」

「うちの顔を見に来ただけなん？」

問い返すと、うーんと口籠《くちご》もり、鼻先を掻《か》いている。

「今日は大事な用がある、ていうてたさかい、少し気になって……」

何気《なにげ》なく言った途端《とたん》、源治の様子が変わった。

「ああ、縁組のことやな」

木戸といっても、お紗代の胸元辺《あた》りまでしかない。木戸越しに話していた源治は、お紗代の肩に手をかけて来た。

「縁組、て誰とや」

「清さんや。一緒になって家を継げ、て……」

ところが、源治は一瞬、ぼうっとしたような顔になったが、すぐに「なんや」と言ってお紗代から手を離した。

「なんや、てどういうこと？　うちの返事は聞かへんの」

「清さんが、お紗代ちゃんと一緒になる筈はあらへん。清さんには、お蔦《つた》ていう心に決めた……」

そこまで言うと、「あ」と小さく叫んで慌《あわ》てたように口を押さえた。

「ほな、わては帰る。酔いも回ったし、なんや眠とうなったさかい……」

何やら慌てた様子で木戸から離れようとする源治の襟首《えりくび》を、お紗代は思いきり腕を伸ばして摑《つか》んでいた。

「知ってるんやな」

声音を強めて問いただす。

「知ってる、て何を？」

惚《とぼ》ける源治に、お紗代はさらにこう言った。

「今、はっきり聞いた。お蔦さんて、誰や。言わへんかったら、大声を出すえ。『盗人《ぬすっと》や』いうて」

「分かった。分かった」と、源治は観念《かんねん》したように頷いた。

「清さんからは、きつう口止めされてるんや。せやさかい、わてから聞いた、て言わんといてや」

強い口調《くちょう》で念を押してから、源治はおもむろに話し始めた。

「あれは、六月の祇園《ぎおん》さんの頃やった」

七日から十八日までの間、四条河原《しじょうがわら》には掛け茶屋やら芝居や見世物《みせもの》の小屋が立ち並び、夕涼《ゆうすず》みの客で大層《たいそう》な賑《にぎ》わいを見せる。

その日も仕事が終わると、源治は若い職人等を連れて、河原に繰り出して行った。

「酒も入り、あっちの店、こっちの小屋と冷やかしていたら、見慣れた男女の二人連れがあったんや」

男は清造だとすぐに分かった。ならば一緒にいるのは、お紗代ではないか……。

「それやったら、こっちに誘うて酒でも飲も思うて、声をかけようとしたんやが、どうも女の感じがお紗代ちゃんと違《ちご》うた」

後ろ姿しか見られなかったが、細身ですらっとして、どことのう色気《いろけ》があって
……、と源治は思い出そうとするように、視線を庭の奥へと向ける。

「違う、お紗代ちゃんやあらへん、そう思うた」

「色気があったら、うちやない、てそういうこと?」

少し怒って声音を落とすと、源治は「そうやない」とかぶりを振った。

「年の頃は二十三か四。どう見ても、お紗代ちゃんより年上やった」

「その人、誰やったん?」

あまりにもじろじろ見ていたせいか、清造が源治に気がついた。女をその場に残して、源治の方へとやって来た清造は、懐《ふところ》から銭《ぜに》を取り出してこう言ったのだ。

――見んかったことにしてくれ。これは酒代や。皆で飲んだらええ――

何か事情があるらしいのは一目で分かった。源治はすぐにその金を受け取った。

「つまり、口止め料を貰《もろ》うたんやな」

お紗代の言葉に、源治は大きく頷いた。

「せやから、わてが言うたてことは、清さんには……」

「言わへん。それに清さんに好きな人がいてることは、うちもお父はんも知ってる」

「清さんが、言うたんか？」

　驚いたように源治は声を上げた。

　――わてには、惚れた女がいてます――

　清造が、そうきっぱりと告げたことを話すと、源治は感心したようにため息をついた。

「ほな、お蔦さんの事も？」

「名前は聞いてへん。ただ、その人、庭師を嫌《きろ》うてるそうなんやけど……」

　清造は庭師になるために生まれて来たような男だ。藤弥と藤次郎の許《もと》で修業を重ねただけではない。藤次郎が、後継者にしたがるほどの腕の持ち主なのだ。

「お父はんは、清さんを養子にしようとしてはる。うちも清さんがほんまの兄さんになってくれたら嬉しい」

　お紗代の言葉に、源治までもが「わてもその方がええ」と同意する。

「それで、お蔦さんて、どこの誰なん？　うちはそれが知りたいんや」

「ああ、そうやった」と、源治は初めて気がついたように言った。

「お紗代ちゃんは知らんかったな。お蔦さんは、『木音屋《きおとや》』の娘や」

「木音屋、て、あの？」

「好古庵《こうこあん》」の嘉兵衛《かへえ》が持って来た「庭封じ」の話を、お紗代は思い出していた。問題になった庭の普請をしたのが「木音屋」だったのだ。

「お蔦さんは、五年前の十八歳の時、呉服問屋に嫁いだんやけど、ふた月ほど前に離縁して、今は家に戻ってはるんや」

一緒に飲み歩いていた職人の一人が、偶然、仕事先でその話を耳にしていたという。

「亭主ていうんが、優しいけど気の弱い男で、母親の言いなりやったんや。お蔦さんも、気の強い方やったさかい、最初の内は我慢してはったようやけど、しだいに姑《しゅうとめ》との折り合いが悪うなってなあ。このまま嫁姑の諍《いさか》いが続いたら、亭主の方が参ってしまう。そこで、とうとう舅《しゅうと》が離縁の話を持ち出した。ほしたら、お蔦さんは、『ほな、家に帰らせて貰います』て言うと……」

その日の内に、実家の「木音屋」へ戻ってしまった。

「舅も本気で離縁を考えていた訳やあらへんやろ。気の強いもん同士が張り合《お》うても家が上手く行く筈がない。嫁の方が姑を立てるのが筋やさかい、お蔦さんに我慢して欲しいて言いたかったんやろな」

「清さんとお蔦さんは、前からの知り合いやったん？」

夜の中、誰も聞いている者がいないというのに、源治はひそりと声を落とす。

「お蔦さんが十六歳の時、清さんと恋仲やったらしい」

「ほな、どうして、その時に……」

思わず声を上げたお紗代を、しいっと源治が制した。

「大きな庭普請を木音屋が抱えたことがあったんや。それで室藤から清さんが手伝いに行った」

当時、清造は二十二歳。すでに母親を亡くしていたお蔦は、二歳下の弟と、父親を助けて、木音屋の切り盛りをしていた。

「しっかり者の上に別嬪や。少々気は強いが、商家と違《ちご》うて、職人の娘や。清さんとも気が合《お》うてたんやろ」

二年も経つ頃、二人は将来を誓い合うようになった。ところが、なぜか、お蔦は清造ではなく、木音屋の得意先だった呉服問屋に嫁いでしまった。

「もしかして、お蔦さんが清さんと一緒にならへんかった理由て……」

「庭師をやめて欲しい、て言われたんやそうや」

庭師の子として生まれ、庭師の道をひた走って来た清造に、それはあまりにも酷《むご》い話だ。

「清さんが室藤に来た経緯《いきさつ》は、わても知っとる。清さんが庭師をやめる、てことは、大恩《だいおん》ある室藤を捨てることや。あの人にそないな事ができる訳があらへん」

同情しているのか、源治の声音がどこか湿っぽい。

「ひどい人やな、そのお蔦さんは……」

お紗代の方は怒りが収まらない。

「清さんに庭師をやめろやなんて」

そのお蔦に、未だに清造は恋情を抱いている。そうして、今度もまた、お蔦は、清造に庭師を捨てさせようとしているのだ。

「ほんまに、何があったんやろ」

同じように庭師の娘に生まれたお紗代にも、その理由が全く分からなかった。

お紗代は幼い頃から、庭ができ上がって行く様を見るのが好きだった。ただのだだっ広い空き地に、穴が掘られて池になり、姿形の良い石や岩が並べられて行く。白川石《しらかわいし》の玉砂利《たまじゃり》が、日の光を受けて真っ白に輝く様は、まるで宝玉《ほうぎょく》のようだった。頼りなげに風に揺れていた若木が、数年で堂々とした庭木に育ち、濃い緑の葉陰《はかげ》を作っているのを見て、花木へ向けられる庭師の情を、子供ながらに感じたものだ。

「あんまり詳しい事情は知らんのやが……」

源治は言い難《にく》そうに口を開いた。

「なんでも、庭にお母はんを殺された、言うて」

あまりのことに、一瞬、お紗代は声を失っていた。

「庭に殺された、て……、どういうこと？」

「そこまでは、わてにも……」

分からへん、と、源治はかぶりを振った。

清造が二十二歳の時、六つ下の源治は十六歳だった。庭師は、人手《ひとで》の足りない時には、互いに助け合うことがある。源治が室藤を手伝ったこともあれば、清造が空木屋へ行ったこともあった。

源治に酒の味を教えたのは、清造だ。お蔦との話は、清造が珍しく酒に酔った折に、聞かされたのだという。

「うちに、何か力になれることがあるんやったら……」

そう呟《つぶや》いた時だ。源治が強い口ぶりでこう言った。

「お紗代ちゃんに、なんとかできる、て言うんか？」

源治から向けられた眼差《まなざ》しの強さが、夜の中でも痛いほど分かる。

「この前の一件があるやろ」

と、源治はどこか不安げな口ぶりで言った。

「殺生屋敷《せっしょうやしき》のこと？」

「せや」と源治はさらに声音を強める。

「あの時は、源治さんまで巻き込んで悪かったて思うてる。怖い思いをさせてしもうて」

改めて、お紗代は源治に詫《わ》びていた。

あの事件の後、源治は空き屋敷の話は一切しなかった。いったい、何がどうなったのか、お紗代に一言も尋ねなかった。そのため、お紗代の方から話を切り出すことはなかったのだ。

「そうやない。危なかったんは、お紗代ちゃんや」

どうやら、源治が怒りを感じているのは、自分がお紗代を守れなかったことにあるようだ。

「わては、なんや、自分が情けのうて、不甲斐《ふがい》のうて、それで……」

「それで?」と、お紗代はすかさず問い返す。いったい、源治は何をしたのだろうか?

「あの後、丁子屋の岩松を呼び出して、とことん話を聞いた」

お紗代には、何やら不思議な力がある。そのことは、源治も薄々気づいていた。だが、どうして、そこに岩松が関わって来るのかが分からなかったのだ。

「丁子屋の寮の庭で何があったんか、詳しい話を聞かせて貰《もろ》うた。あの庭で、お紗代ちゃんが誰と出会《でお》うたのかも……」

「市松さんの事はなんでもあらへん。あれは、ただの幻や。うちもずっと忘れてたんや」

　お紗代は慌てて話をごまかした。

「そりゃあ相手は幽霊やし、この世のもんやないさかい、いてへんようなもんやけど」

　源治も言葉を濁す。やはり、今一つ、信じることができないでいるのだろう。

　ちりん……、と、風鈴が鳴ったような気がした。風も無いのに……。

「今夜は帰るわ」

　源治は木戸から離れかけたが、何かを思いついたのか、再びお紗代に顔を向けて来た。

「お紗代ちゃん、清さんの事は関わらんほうがええ。互いに惚れ合《お》うてんのやったら、二人でなんとかする筈や。今度ばっかりは、『庭封じのお紗代』の出番はあらへん」

「分かってる。うちは、ただ二人が無事に添《そ》い遂《と》げられるよう願《ねご》うとるだけや」

　確かにお紗代にできることは何もない。それどころか、お紗代自身のこれからを考えなければならないのだ。

（木瀬屋へ行ってみよう）

　と、お紗代は思った。当主だというお江に会ってみよう……。

「源治さん、うちと一緒に行って欲しい所があるんやけど」

「珍しいなあ。お紗代ちゃんの方からわてを誘うてくれるんか？」

源治は木戸の上に両腕を重ねると、お紗代の方へと顔を突き出して来る。

「それで、どこへ行きたいんや」

「上賀茂や」と、お紗代は即座に答えた。上賀茂村は少々遠かった。源治がいれば、何かと心強い。

「上賀茂神社？」

源治は怪訝《けげん》そうな顔をする。

「あそこは、雷除けの神さんや。それに勝負運……。まさか、博打《ばくち》に手を出すつもりやないやろな」

真剣な口調で言われて、お紗代は思わず笑ってしまった。


翌朝、夜明け前に、お紗代は迎えに来た源治と共に家を出た。鍛冶町《かじちょう》通《どおり》を上がり、高辻通《たかつじどおり》で左に折れる。そのまま西へ室町通《むろまちどおり》まで歩き、後はひたすら北へと向かう。

近郊の村から野菜を売りに来た行商《ぎょうしょう》や、薪《たきぎ》売りとすれ違うくらいで、まだ人通りはさほど多くはない。

一条通《いちじょうどおり》に差し掛かる頃には、そこかしこで飯屋が開き始めていた。その一軒に立ち寄った二人は、茶漬けを食べ、茶を飲んで一休みをし、それから再び歩き出した。

店が開くと売り物を眺めるだけでも楽しい。あれはどうや、これはどうえ、と、冷やかして歩きながら、広大な相国寺《しょうこくじ》の辺りまで来た。日はすっかり昇っている。日差しを受けて寺を囲む白壁が光っていた。

その長い塀に沿ってさらに北へ行くと、突然、町屋《まちや》がなくなり、田畑が広がる。小山村《こやまむら》に入ったのだ。

農家があちらこちらに点在している。稲にも穂が出て、風が吹く度《たび》にサワサワと靡《なび》いていた。

農家に立寄り、水を貰う。最初の頃は、源治といろいろとしゃべりながら歩いていたお紗代だったが、さすがにここまで来る頃には、口数《くちかず》もほとんどなくなっていた。

「駕籠、頼んだ方が良かったんやないか」

源治が心配そうに言った。

「少し疲れたけど、大丈夫《だいじょうぶ》や。自分の足で歩く」

お紗代は無理やり笑顔を作った。

暑さが少々堪えている。さすがに庭仕事で鍛《きた》えているだけあって、源治の方は一向に平気な様子だ。

「それで、上賀茂のどこへ行ったらええんや?」

田畑の間をまっすぐに続く小道を行きながら、源治が尋ねて来た。

「この先にあるお寺の側《そば》の橋を渡って、賀茂川を越えるんや」

やがて、蜻蛉《とんぼ》が飛び交う稲田の向こうに、一本の橋が見えて来た。

「それで、上賀茂村に何があるんや」

源治はお紗代と並んで歩きながら聞いた。

「神庭守て、知ってはる?」

源治はその言葉に、一瞬、足を止めて考え込んだ。

「庭師は庭師でも、わてらとは少し勝手が違うて聞いてる」

「神さんの庭を世話するのが仕事なんや。せやさかい、神庭守て言うらしい」

「確かにな。神社の境内も庭には違いあらへん」

「木瀬屋さんて神庭守は、室藤の遠い親戚らしいんや」

ふーんと言って、源治は首を傾げた。

「らしい、てほとんど付き合いがないんやろ。なんで、お紗代ちゃんがそこへ行かなあかんのや」

「木瀬屋さんに、お江て人がいてはるそうや。うちはその人に会いとうて……」

言いかけて、お紗代は黙り込んでしまった。

(うちは、お江さんに会《お》うて、どないするつもりなんやろ)

藤次郎の言うように、自分の力を無くしてしまいたいと本気で願っているのだろうか。

改めて思うと、この力のお陰で人を救うことができたのだ。

(市松さんにも会えたし、お祖父はんにも……)

——気味悪がるもんもいてるやろ——

藤次郎の言葉が脳裏《のうり》に蘇《よみがえ》った。源治にしろ、岩松にしろ、お紗代のことをそのまま受け止めてくれている。だが、それはこの二人だけに言えることなのだ。

しかし、彼等の家族は別だ。藤次郎が案じているように、果たしてお紗代のような娘を、嫁として迎え入れてくれるのだろうか……。

木瀬屋は上賀茂村の西の端、賀茂別雷《わけいかづち》神社の近くにあった。一見、豪農の屋敷のようだ。

田畑も所有しているのだろう。神庭守の仕事なのか、農作業に出ているのか、檜《ひ》皮葺《わだぶき》の門の向こうに広がる庭先に、人影は見えなかった。

「誰もいてへんのやろうか。えらい静かやな」

源治が怪訝そうに言った。

二人は門を潜《くぐ》った。玄関の前まで飛び石が続いている。玄関横の枝ぶりの良い黒松が、すぐに目に入った。前栽《せんざい》には、すでに花の終わった躑躅《つつじ》の丸い塊が、整然と並んでいた。

「ごめんやす。どなたかいてはりませんか？」

源治が玄関口に向かって声をかけた。引き戸の扉は閉まったままだ。

「留守なんやろか」

と、お紗代が源治に言いかけた時だ。

「ようおいでやす」と言う声が聞こえ、お紗代は驚いて振り返っていた。

一人の女がにこやかな顔で立っている。細面の顔立ちに、すっと通った鼻筋。柳の葉を思わせる眉。切れ長の右目の下に、黒子《ほくろ》が一つ。

ただ白粉《おしろい》が濃いのだろうか。肌の色がやたらと白い。

「すんません。勝手に入ってしもうて……」

お紗代は慌ててお辞儀《じぎ》をした。

「うちは、京の庭師、『室藤』の娘で……」

挨拶をしようとすると、女が片手を軽く上げて、それを止めた。

「お紗代さんどすやろ。存じてます。どうぞ、こちらへ……」

女はお紗代を案内するように、玄関横の木戸を示した。

「ここから中庭へ入れます。奥の突き当たりの離れ屋に、お江様がいてはりますよって」

それからちらりと源治の方を見る。

「お連れさんには、玄関の小座敷で待っていて貰《もろ》うとくれやす」

お紗代は背後を振り返った。ぽかんとした顔の源治が立っている。

「うちだけで行ってくるさかい……」

ふと視線を玄関に向けると、いつの間にか扉が開いている。

「源治さんは、そこの玄関の……」

「お紗代ちゃん」と、源治は険《けわ》しい顔で言った。

「いったい、誰と話してるんや？」

「誰、て」

お紗代はすっかり呆れて源治を見る。

「ここのおうちの人や。源治さんは、言われたように小座敷に上がって……」

「誰もいてへん」

源治が低い声できっぱりと言った。

「何を言うてんの。今、ここに女の人が」

と、振り返ったお紗代は、唖然《あぜん》として声を失っていた。

源治の言う通り、そこには誰もいない。ただ、先ほどまで閉まっていた中庭へと続く木戸が、今は開いている。中庭に目をやると、女はすでにそこにいて、お紗代に向かって手招きをしている。

どうやら、源治の目には女の姿は映《うつ》らないらしい。

「そこに誰がいてるんや」

源治が怯《おび》えたような声で言った。

「お紗代ちゃんだけに見えてんやったら、やっぱり、幽霊か何かか?」

「綺麗な女の人や。源治さんにここで待つように言うてはるだけや。ほな、うち、行ってくるわ」

明るい声で言ってみたが、源治は益々不安そうになる。

「一人で大丈夫なんか? もし、この前みたいなことがあったら……」

殺生屋敷での事を思い出したようだ。

「わての力では、お紗代ちゃんを助けられへん」

それが源治の本心なのだろう。

「安心して。その時はうちが源治さんを助けるさかい……」

お紗代はにっこり笑うと、源治をその場に残して、中庭に足を踏み入れていた。

庭師の家の庭は、大抵《たいてい》、微塵も隙《すき》がない。室藤はもとより空木屋の庭もそうだ。当然、この木瀬屋にも日頃から丹精《たんせい》された美しさがあった。

それでも、何かが違っている。

庭木の枝ぶり、石や岩の配置、絶妙《ぜつみょう》な位置にある池……。ここには鹿威《ししおど》しもあるのか、時折、カツン……、と竹の澄んだ甲高《かんだか》い音が響く。空木屋には水琴窟《すいきんくつ》があった。鉦《かね》を打つような雨だれに似た音を聞いているのが、子供の頃はことに好きだった。まるで、水が歌っているようだったからだ。

（ここは匂いが違う）

花は甘く、木々は涼《すず》やかな匂いを放つ。だが、この庭には、それだけではない、何か別の匂いがあった。

決して嫌な匂いではない。むしろ、近寄りがたい、どこか貴《とうと》さを感じる……。

「あそこどす」

その時、女が立ち止まった。女の年齢は二十二か三ぐらいだろうか。源治に見えないのだから、この世の者ではないらしいが、まるで実在するように、当たり前の顔をしてお紗代の前にいる。

女の白く細い指が指し示す先に、藁葺《わら》の庵《いおり》があった。どうやらそこがお江のいる離れ屋らしい。

「ごめんやす。いてはりますか?」

縁先《えんさき》から声をかけると、障子《しょうじ》の向こうで人が動く気配がして、やがてしゃがれた声が返って来た。

「かまへんさかい、上がりよし」

女がどうぞとお紗代を促す。お紗代は草履《ぞうり》を脱ぐと、縁に上がった。

障子に手をかけようとした時、すっと音もなく開いた。気がつくと、女がすでに傍《かたわ》らに座っている。

お紗代が入ると、障子は再び閉じられた。

白い障子に女の影が映っている。じっと見ていると、影はしだいに人の姿を失い、ゆらゆらと揺れる煙の形に変わっていた。

「よう来はったなあ」

目の前には老婆が座っていて、目を細めるようにしてお紗代を見ていた。お紗代はその場に座ると、両手をついて頭を下げた。

「うちは室藤のお紗代ていうて……」

「藤弥はんの孫娘どっしゃろ。よう知ってます」

　そう言って、老婆は笑った。

「お江さん、どすやろ」

　問うと、「へえ、そうどす」と老婆は頷いた。

　どう見ても、背の曲がった白髪の普通のお婆さんだ。にこやかに笑うと、目が皺の中に埋もれてしまう。優しそうだが、何を考えているのか読み取れない。

「鬼呼の巫女、て聞いてたさかい、もっと怖そうなお人かと思うてました」

　お紗代は思わず本音《ほんね》を吐《は》いた。

「そうどすなあ。怖いと思うお人もいるやろうけど、あんさんはそうは思わしまへんやろ」

　そう言われて、お紗代は「へえ」と応じた。

　初めて会ったというのに、お江に妙に親しみを感じる。お江もどうやら同じ気持ちらしい。

「せやけど、『鬼呼』てどういうことどす？　鬼は怖ろしいもんどっしゃろ。それを呼び寄せるんどすか」

「なあんも……」と、お江はゆっくりとかぶりを振る。

「よう、鬼、魔物、いうて一緒にされますけどなあ。『鬼』は魔物でも邪霊《じゃれい》でもあらしまへん。死んでこの世を去ったお人の魂が、未だにさ迷うてここに来てはるだけなんどす」

「もしかして」と、お紗代はちらりと視線を障子に向けた。相変わらず、形の定まらない影がある。

「あの女の人も、さ迷うてはるんどすか」

「あのお人は、あんさんに用があるそうどす」

「うちに？」

お紗代は思わず声を上げていた。

「せやけど、どうしてうちがここへ来るてことを？」

「『鬼』に、人の理屈《りくつ》なんぞ通らしまへん」

お江は顔を皺だらけにしてほっほっと笑った。

「あの世とこの世、人はこの二つをきっちり分けて考えますのやけど、そないはっきりと境目《さかいめ》がある訳やあらしまへんのや。常に人の身近にある庭には、『人の念』てもんが溜《た》まりやすい。目に見えへんもんやからいうて、無い訳やあらへん。それは、あんさんもすでに気づいてはるんと違いますか？」

問われて、お紗代は頷いたが、同時に、この老婆が、お紗代のこれまでのことをすべて知っているような気がしていた。お紗代の求めて来た答えを、お江は今、語っているのだ。

「『人の念』には力が宿ります。力が集まると動き始める。小さな渦は、しだいに大きな渦へ。渦の真ん中に行くほど、『あの世』と『この世』の二つは近づき、離れれば、それだけ遠うなります」

「その渦がある場所は、決まっているんどすか？」

お紗代が尋ねると、お江はじっとお紗代を見つめた。

「必ずここにある、というもんやおまへん。それに生まれたかと思えば消えたりもする。あんさんも、そないな庭を見て来たんと違いますか？」

「やっぱり、知ってはるんどすな、うちのこと……」

「ここが幾ら洛中《らくちゅう》から離れていたかて、『庭封じのお紗代』の噂は、わての耳にも届いてます。庭師は普段付き合いがないように見えても、結びつきは強うおますさかいな」

庭師は、庭に関する様々な知識を共有している。この木が枯れた、花付きが悪い、新芽が出るのが遅い。または、日当たりのよくない庭は、どのように造るのが良いか、反対に日が当たり過ぎる庭は……？

どこかの庭師が困っていると、別の庭師が知恵を出す。時には、家と庭、敷地との相性《あいしょう》を見る家相師《かそうし》まで教えてくれる。争うのではなく、競い合い、互いに腕を磨いて、京の庭師は、最高と呼べる庭を造り続けて来たのだ。

「どうやら、あんさんは、その渦《うず》の真ん中にいてはるようや。せやから、『あの世』の鬼もあんさんをすぐに見つけるし、あんさんにもその姿が見え、声も聞こえる。ただ、それだけのこと」

「お江さんも、うちと同じで、渦の真ん中にいてはるんどすやろ」

お紗代の問いかけに、「そうどすなあ」とお江はわずかに首を傾げた。

「渦をいつまでも留めておく性質《たち》の庭もあるようや。元々、そういう土地に造られたからどすやろ。ここの庭の渦に引き寄せられるのか、行き場を失った鬼がよう現れる。せやさかい、木瀬屋の庭は、『鬼呼の庭』と呼ばれてます。あんさんと違《ちご》うて、わてが封じてんのはこの庭だけや」

「それで、『鬼呼の巫女』て呼ばれてはるんどすな」

すると、お江は再び口を窄《すぼ》めて笑った。

「わてのような婆が、『巫女』なんぞ名乗るんは、おかしな話どすやろ」

「いいえ、そないなことは……」

お紗代は慌ててかぶりを振った。

「わては、十五の年に、『木瀬屋』の当主になりましたんや。それからずっと六十五年もの間、鬼呼の巫女として生きてます」

「旦那さんや、お子さんは？」

「巫女どすえ」

一瞬、お江の眼差しがお紗代に突き刺さる。だが、すぐに相好《そうごう》を崩してお江は言った。

「生涯独《ひと》り身《み》を通すのが、務《つと》めどす」

鬼呼の巫女は、神庭守の血筋から、力のある娘が選ばれるのだという。

「誰ぞ、好き合《お》うた人はいてはらへんかったんどすか？」

やはり、今のお紗代には、そのことが気にかかる。将来を誓い合いながら、結ばれないというのでは、とても辛《つら》いし、何よりも酷《むご》い話に思えた。

「さあて、いたのか、いなかったんか……」

お江の視線は、お紗代を通り越して、どこか遠くを見ているようだ。

「年のせいか、すっかり忘れてしもうた。昔のことは、思い出せしまへん」

お江はどこか寂し気な顔で笑った。

きっと、いたのだろう、と、お紗代は思った。家の習《なら》わしのせいで許されなかったのかも知れない。

お紗代はさらに問いかけた。

「どうして、鬼はあの世に行かずにさ迷うんどすか？」

「この世から離れとうても、行かれしまへんのや」

ふうっと、お江は大きくため息をついた。

「生きてるもんが、引き留めるさかい、あの世に行くことができひん。生き人《びと》の方の未練が、強過ぎるんやろなあ」

ふと、市松の事が頭に浮かんだ。市松はあの離れ屋の庭に囚《とら》われていた。母親の妄執《もうしゅう》が彼の魂を留めさせたのだ。

（うちが、今、市松さんを想うていたら……）

せっかく、あの庭から自由になっても、市松はあの世へ行くことが叶《かな》わないのだろうか。

「あんさんも、どうやら、思い当たる節《ふし》があるようどすな」

お江の目が、皺の間できらりと光った気がした。

だが、すぐにお江は障子の影に目を向けた。

「今は、あのおなごの願いを、聞いてあげなはれ」

いきなりそう言われて、お紗代は戸惑《とまど》いを覚えた。

「なんで、うちなんどす。お江さんを頼ってはるんと違うんどすか」

すると、お江はゆっくりと首を左右に振った。

「わては、もう年どしてな。これまで、鬼が会いたがるもんに会わせて来たんやけど、もう力も衰えてしもうた。せやさかい、あんさんが来てくれて、心から嬉しゅう思うてんのどす」

「うちで、力になれますやろか」

障子の向こうの影が再び女の形に戻り始めている。

「あのおなごは二十三歳で亡《の》うなった。残して来た幼い娘のことで心を痛めておる。『庭封じ』のお紗代はんに、助けを求めているんは、あの『鬼』どすねん」

鬼の名前は、お希久《きく》。生前は、庭師「木音屋」の棟梁の妻で、お蔦の母だった。

外に出るとすでに日も傾きかけていた。それでもまだ明るい陽射しの下に、その鬼は、生き人さながらの姿でそこにいた。

鬼呼の庭……。おそらく、ここがあの世とこの世の境界を繋《つな》ぐ、渦の真ん中なのだろう。

縁先に並んで座ると、お紗代はお希久に尋ねた。

「うちは、何をしたらええんどすやろか」

そう言いながら、お紗代は、源治から聞いた話を思い出していた。

――庭にお母はんを殺された……――

お蔦が庭師を嫌うのは、庭が嫌いというよりも、母親が庭のせいで亡くなっているからなのかも知れない。

「お希久さんは、庭で亡うならはったんどすか？」

庭先で転んで石で頭を打つ、というのは、よく聞く話だ。

「お蔦には、好いたお人がいてます」

しばらくして、お希久はひそりとした声でそう言った。

「知ってます。せやけど、その人が庭師をやめへんかったせいで、他の家に嫁《とつ》がはりました。今は離縁したそうどすけど」

「今度こそ、お蔦には幸せになって貰いたいんどす。うちのことに拘《こだわ》って、庭師を嫌がるやなんて。ほんまになんて阿呆《あほう》なことを……」

もし、目の前に娘がいたら、きっとお希久は叱りつけていたことだろう。

「清造さんには、庭師をやめることはできしまへん。室藤への恩もあるし、何より、あの人には庭師が天職どすよって。お蔦さんに考えを変えて貰う訳にはいかしまへんやろか」

これでは、まるで、お紗代の方が幽霊に頼み事をしているみたいだ。

「うちは、庭で怪我《けが》をして、その時の傷が元で死んだんどす」

お希久が意を決したようにお紗代に言った。

庭師に怪我は付きものだ。まず、鉈《なた》や鋸《のこぎり》、大小の植木鋏《ばさみ》を使う。時には大きな岩や石も運んだ。木々の枝で腕も引っ掻く。ことに慣れない若手の内は、擦り傷や切り傷が絶えなかった。

室藤の茶の間には、常に塗薬《ぬりぐすり》が用意されていた。治療用の焼酎《しょうちゅう》も切らすことはない。作業着の破れを繕《つくろ》うのは、お勢《せい》とお紗代の仕事だった。お陰で、お紗代は裁縫《さいほう》の腕にはそこそこ自信がある。

お希久はささいな傷だと思って、放置していたのだろう。だが、その傷が腫《は》れあがり、毒を持ち、高熱を発して、命を落とすこともあるのだ。

「お蔦の父親が、そう教えたんどす」

えっとお紗代は驚いて、お希久を見た。

「違うんどすか？」

お希久は悲しげな顔で、静かにかぶりを振った。

「お蔦は幼い頃からお転婆《てんば》で、木登りがことに好きどした」

お紗代もそうだった。木の枝ぶりによっては、実に登りやすい木がある。源治の真似《まね》をして登っていて、とうとう降りられなくなったこともあった。

そんな時は、大抵、清造が降ろしてくれる。

「お蔦が五歳の時どした。つい目を離した隙に、庭の木に登ってしもうて……」

お希久はすぐに人を呼ぼうとしたが、間に合わなかった。

思いがけず高い所にある枝にいたお蔦は、怖さもあって泣き出してしまった。

——お母はん、お母はん……——

泣きわめいている内に、小さな両手は幹から離れ、身体はたちまち傾いた。

「うちは咄嗟《とっさ》に、木の側に走り寄って……」

お希久は、何本もの枝をバキバキと折りながら落ちて来たお蔦を受け止めた。

「その拍子《ひょうし》に転んでしまいましてなあ。お蔦の方は地面で頭を打って、気を失《うしの》うてしまいましたんや」

木音屋は大騒動になった。お蔦はなかなか目覚めない。医者を呼び、薬を買いに走り……。あまりの慌ただしさの中で、お希久は、自らが腕に大きな擦り傷を作っていたことも忘れてしまった。

「傷が膿《う》んで、熱が出ても、うちはそれを隠してお蔦の看病をしてました。三日経って、やっとお蔦が目覚めた時、もうどれだけほっとしたことか。その時の嬉しさが、うちの最後の思いになりました」

お蔦は助かったが、今度はお希久が倒れ、そのまま目覚めることはなかったのだ。

「お蔦は、自分が木から落ちた時のことを、すっかり忘れてしもうてました。せやさかい、父親は、お蔦にさっきのような話をして聞かせたんどす」

——お母はんは、庭で転んで怪我をして、その傷のせいで亡うなったんや——

「お蔦に、自分が原因やったとは、とても話せるもんやあらしまへん。うちも、このまま知らん方がええて思うてます」

「そのせいで、お蔦さんは庭を嫌《きろ》うてます。庭だけやない。庭師まで……」

すると、「いいえ」とお希久はかぶりを振った。

「お蔦は庭師を嫌うてるんやあらしまへん。庭師の夫を持ったら、いつか自分の母親のようになるんやないか、そない思うと、怖うてしょうがないんどす。せやさかい、庭師とは関わりのない商家に嫁いだんどす」

「もしかして、お希久さんは、ずっとお蔦さんの側にいてはったんどすか？」

そうでなければ、自分が亡くなった後の娘の人生を、ここまで語り、案ずることはなかっただろう。

「お蔦は、あんさんとは違います。うちの姿が見える訳でも、声が聞こえる訳でもあらしまへん」

それが普通なのだ。お紗代のような者の方が珍しい。

「庭が悪いんやない。お蔦のせいでもない。ただ間《ま》が悪かっただけや。それをお蔦に伝えて欲しいんどす」

そう言うと、お希久は小さくため息をついて、縁から立ち上がった。それから、改まったようにお紗代の前に丁寧《ていねい》に頭を下げると、いつしか夕闇の漂い始めた庭に、すうっと消えて行った。

最後に、「どうかよろしゅう」という言葉だけを残して……。


「どうやら、話は終わったようやな」

背後の障子が開いて、お江の声が聞こえた。

「それで、あんさんはどないしますのや?」

問われて、お紗代は振り返っていた。

「あんさんが、わてに会いに来た理由……。これがその答えどす」

お江さんは、何もかも知っていたのだ、とお紗代は思った。

自分の持つ、人とは違うこの力を、もし無《な》くすことができるのなら、その方法を知りたい……。

そのために、お紗代は鬼呼の巫女に会いに来たのだ。

「あんさんが、力がいらんて言うんやったら、このわてに預けたらええ。あんさんの力を貰えば、わてが、お希久さんの望みを叶えてあげられます」

「今のお江さんには、できひんのどすか?」

すると、お江は静かにかぶりを振った。

「わてには、もう力があらへんのや」

「それは、どういう……」

尋ねようとした時、お江はどこか優しげな眼差しをお紗代に向けた。

「あんさんの力は、誰かを助けるためのもんや。それが人とは限らへん。生きているもんとも限らへん。なんで、あんさんがそないに生まれついたのかは、神さんしか知らんやろ。わてが鬼呼の巫女になった理由が、そうやったように……」

それから、お江はにこりと笑った。

不思議なことにお紗代の前で、お江の姿がどんどん若返って行くのだ。

「わてにも、昔、好いたお人はいてましたんやで。ただ、病《やまい》で早《はよ》うに亡《の》うなってしもうた。せやさかい、うちは独り身でいることが、苦にはならへんかったんや」

いつの間にか、お江の傍らには一人の若い男が寄り添っている。

「お江さん、そのお人は……」

言いかけて、お紗代は言葉を呑み込んだ。もはや聞くまでもなかったのだ。

二人はまるで夫婦《めおと》のように見つめ合っている。

「お紗代ちゃんっ」

その時、源治の呼ぶ声がした。顔を向けると、すっかり薄暗くなった庭を、源治が突っ切って来るのが見えた。

「大変や、お紗代ちゃん」

源治は荒い息を吐《は》きながら言った。

「この家、今日は葬式でな。せやさかい、誰もいてへんかったんや。今、家の人が墓から戻って来はった。で、その亡くなったんが……」

「お江さん、なんやろ？」

お紗代はぽつりと言った。源治が驚いたようにお紗代を見た。

「なんで、それを知ってるんや」

「うちには分かるんや」

言いながら、目頭《めがしら》がしだいに熱くなって来るのが分かった。離れ屋に目を向けても、もう障子は閉まったままだ。

あの幸せそうだった、二人の姿も消えていた。

「どないしたんや、お紗代ちゃん」

源治が心配そうにお紗代の顔を覗き込んで来る。

「何か、辛いことでもあったんか」

ううん、とお紗代はかぶりを振った。

「嬉しいんやけど、なんや、涙が止まらへんのや」

きっとその人は、ずっとお江の側にいて、その生き様を見て来たのだろう。

お希久が娘の幸せを願いながら、そうしていたように……。

その夜、お紗代と源治は木瀬屋の客になった。木瀬屋の棟梁は、壱兵衛《いちべえ》といって、お江の甥《おい》の子に当たるのだという。

「鬼呼の巫女、ていうのは、生涯を独り身で通すことになってますのや」

年は藤次郎とあまり変わらないようだ。まさに、今日という日の親戚の来訪に、最初はひどく驚いた様子だった。

「お江様からは、自分に何かあっても、どこにも知らせるな、て言われてましてな」

――庭師の仕事に穴を開けたらあかん、余計《よけい》な気を遣わせるな――

「葬儀も身内だけでやるように、て」

それで神庭守の職人とその家族だけで、近くの寺で済ませたのだという。

「何しろ、あの世とこの世を繋いではるようなお人やったさかい、今でも、お江様が、いてはるような気がするんどす」

そのせいか、木瀬屋には悲しみの色がない。精進落《しょうじんお》としの料理も、なかなかに豪勢《ごうせい》なものだった。

男たちは酒を酌《く》み交《か》わし、女たちも賑《にぎ》やかだ。源治はその席に、すっかり馴染《なじ》んでいる。

「お江様はわしらを守ってくれてはってな。神社の御神木《ごしんぼく》てもんは、それは大きなもんや。枝払い一つにしても、相当、高く登らなあかん。落ちたら、そりゃあ、えらいことになる」

毎朝、仕事に出る前と、戻ってから、お江が皆を祓《はら》ってくれていたのだという。

「そのお陰《かげ》で、わしらは無事に神庭守の務めを果たせるんや」

そう言って杯を傾けた後、壱兵衛はぐすりと鼻を啜《すす》った。

「うち、お江様にお会いしました」

お紗代は思い切って壱兵衛に言った。

「どうしても、お聞きしたいことがあって、ここを訪ねたんどす」

壱兵衛はしばらくの間《あいだ》、じっとお紗代を見つめていたが、やがて笑って頷いた。

「それは、よろしゅうおしたな」


その夜、お紗代は源治と縁側に座って、庭を眺めていた。洛中はまだ暑さが残っているが、さすがにこの辺りは秋の涼しさが漂っていて過ごし易《やす》い。

「ほんまに、お江様に会《お》うたんか?」

源治が怖々《こわごわ》とした様子で、お紗代に尋ねた。

「うちの言うこと、信じてないん?」

少し怒ってみせると、源治は「そうやない」と言い訳をする。

「会《お》うた、てことは、幽霊やったんやろ」

それが怖いんや、と源治は言った。

「幽霊と話せるうちのことは、怖ないいん？」

すると、「お紗代ちゃんを怖いとは思わへんなあ」と、源治はすぐに答えた。

「気味悪い、て思わへん？」

うーんと源治は考え込む。

「せやなあ。それがお紗代ちゃんやし、わては、そんなお紗代ちゃんが好きなんやし……」

さらりと言ってから、こう続ける。

「そないなこと、どうだってええわ」

「せやけど、うちとおったら、いろいろと怖いことが起こるかも知れんえ」

お紗代は少し声音を強める。

「源治さんが思わんでも、他の人から変な目で見られるかも知れへん」

「わては気にせえへん。もし、お紗代ちゃんを悪《わる》う言うもんがいてたら、この腕に物を言わせて……」

源治は浴衣の片袖を捲《まく》ってみせる。

「人が相手やったら、わてが幾らでも戦《たたこ》うてやる。せやけど、人やないもんやったら……」

「人やなかったら?」

お紗代はからかうように、源治の顔を覗き込んだ。

「その時は、お紗代ちゃんに任せるわ」

ハハハと源治は笑った。釣られてお紗代も笑う。

「丁子屋さんから、縁組の話が来たんや」

しばらくして、お紗代はやっと切り出していた。源治に話す切っ掛けがなかなか無かったのだ。ところが、源治は即座に「知ってる」と答えた。

「前に岩松と話をした時、はっきりとお紗代ちゃんを嫁にしたい、て言われたんや」

「それで、源治さんは、なんて?」

「笑《わろ》うたわ。わては岩松にこう言うてやった」

――お紗代ちゃんは、他のどのおなごよりも、自分てもんをしっかり持っとる。誰と一緒になるんかは、自分で決める女や。金も泣き落としも効かへんえ――

だが、それに対して岩松も負けてはいなかった。

――ほな、こちらも、やれるだけのことは、やってみますさかい――

「なあ、お紗代ちゃん」

突然、源治は縋《すが》るようにお紗代に言った。

「前から言いたかったんやけど、なんや、あの岩松、て男は……。急に現れて、わてとお紗代ちゃんの間に割り込もうとしてからに……」

源治は、いかにも不満そうに訴えて来る。

お紗代は小さく笑って、源治を宥《なだ》めた。

「あんた、今夜はお酒が入り過ぎてるんや。もう寝た方がええ」

「せやな、今日はなんや疲れたわ。ほな、先に寝る」

源治は立ち上がると、隣の座敷へと入って行った。思ったよりも大人《おとな》しく従ったところをみると、本当に酔っぱらっていたようだった。


翌日、室藤に戻って来たお紗代は、木瀬屋のお江が亡くなったことを告げた。泊って帰ったことには、藤次郎は触れなかった。お紗代が源治と木瀬屋を訪ねると告げた時、「遠いさかい、遅うなるようなら泊めて貰《もろ》うたらええ」と言ったのは、藤次郎だったからだ。

「行って良かったわ。自分がどないしたいか、はっきり分かったさかい……」

——あんさんの力は、誰かを助けるためのもんや——

お江の言葉が、お紗代の背を強く押してくれたような気がした。

その日、お紗代は木音屋を訪ねた。源治には、清造を後から連れて来てくれるように頼んでおいた。

「室藤の嬢《とう》はんが、うちに何の用どすやろ」

挨拶をしたお紗代に、お蔦は訝《いぶか》しそうに尋ねた。

「清造さんとお蔦さんの事で、こちらに伺いました」

お紗代はすぐに切り出していた。

「清造さん？　何のことどすやろ」

不快そうにお蔦は眉を顰《ひそ》める。お希久に容貌《ようぼう》が似ていた。ただ、お希久の方がもっと表情が柔《やわ》らかかった。確かに、気の強さと頑固《がんこ》さが顔に出ている。

「清造さんと、一緒になりたいんどすやろ。清造さんは、そのつもりでいてます」

「それは、あの人しだいどす」

きっぱりとお蔦は答えた。それから、じっとお紗代を見つめてこう言った。

「随分《ずいぶん》、無礼なお人どすなあ。清造さんとうちがどうなろうと、あんさんには関わりがおへんやろ」

余計な口を挟むな、と、お蔦の目が言っていた。

「うちは、お蔦さんのお母はんに、二人の事を頼まれてます」

途端に、お蔦の眉が跳ね上がった。言葉はないが、明らかに怒っているのが分かる。膝の上で握《にぎ》りしめた拳《こぶし》がぶるぶると震《ふる》えていた。

「母は、とうの昔に亡《の》うなってますのや。お紗代さんどしたな。言っていい事と悪い事がおますえ」

「うちは『庭封じのお紗代』どす。その意味、分からはりますか？」

お蔦の剣幕に、一瞬怯《ひる》みそうになったが、お紗代はなんとか踏みとどまった。

「上賀茂の神庭守、木瀬屋の『鬼呼の庭』で、うちはあんさんのお母はんにお会いしました。お蔦さんによう似てはります。ただ、右目の下に黒子がありました。それはあんさんにはあらしまへんなあ」

お蔦の表情が固まったが、やがてこう言った。

「確かに、母には黒子がありました。どなたはんに、母の顔を聞いたんか、知りまへんけど、これは幾らなんでもあんまりやおへんか？」

お蔦の目に涙が光っている。

「お蔦さんが、庭師を夫にしとうない理由を、お希久さんから聞きました」

母親の名前を出されて、お蔦は困惑したようだ。

「お希久さんが、木音屋の庭で怪我をして、それが元で亡《の》うならはったからどすやろ。それで、庭が怖うなった。そないな所で働かななら庭師を夫にしたら、始終、不安でしょうがないさかい……」

「今かてそうどす。父や、弟や職人たちが、皆、怪我をせんと無事に帰って来るよう、祈らん日はあらしまへん。それが嫌で、うちは……」

「知ってます。職人とは違う、商家に嫁がはったんどすやろ」

お紗代に言われて、お蔦はぐっと押し黙った。

「亭主には悪いことをしたと思うてます」

やがて口を開くと、お蔦は沈んだ口ぶりで言った。

「うちは、とうとう、清造さんを忘れることができひんかった」

「せやったら、清さんと一緒にならはったらええんどす」

強い口ぶりでお紗代は言った。

「清さんが、庭師をやめることはあらしまへん。お蔦さんは、庭師の女房になったらええんどす」

「庭は……」

お蔦はお紗代を睨《にら》みつける。

「うちのお母はんを殺したんや」

「お希久さんが亡《の》うなったんは、庭のせいと違います。お蔦さん、あんさんのせいや」

　はっきりとそう言い切った時、一瞬、お希久の顔が頭を過《よぎ》った。

　お希久は辛そうに顔を歪《ゆが》めて、お紗代を見ている。

「あんさんを助けたせいで、お希久さんは亡《の》うなったんや」

「うちを、助けた？」

　お蔦は茫然とした様子で問い返した。

「幼い頃、木から落ちたあんさんを助けようとして、怪我をしはったんや。その時、お蔦さんも気を失《うしの》うてしもうた。あんさんに気を取られていて、お希久さんは、自分の怪我を後回しにしてしもうたんや」

「嘘やっ」

　と、お蔦は声を上げた。

「お父はんは、そうは言うてはらへんかった」

「そない言わんと、あんさんは、自分が悪いて思わはるやろ」

　お紗代はさらに言葉を続けた。

「自分のせいでお母はんが死んだ。そない思い続けて生きる娘を見て、お希久さんが喜ぶ筈あらへんやろ」

「嘘や。頼むさかい、嘘やて言うて……」

お蔦は両手を顔に当てると、わっと泣き出していた。

「間《ま》が悪かっただけや、て、お希久さんは言うてはった。庭が悪いんでも、あんさんが悪いんでもない。ただ、間が悪かったんや、て……」

突然、お蔦は立ち上がった。それから障子を開けると、縁先に飛び出して行った。

木音屋の庭には、見上げるように立派な樟《くすのき》があった。

お蔦はしばらくその木を見つめてから、ぽつりとこう言った。

「そうや、この木やった。今よりももっと低うて細かった。それでも登った時は、高《たこ》う思えた。下を見た途端に、身体が震えて……」

そう言ったかと思うと、お蔦の身体は力を失い、崩れるように倒れかけた。そのお蔦の身体を、駆け付けた清造が受け止めていた。


しばらくお蔦は眠り続けた。その傍らには清造がいる。お紗代と源治はやや離れた場所に並んで座っていた。

「危ないところやったわ」

お紗代は心から感謝していた。

「源治さんと清さんが来るのが、後、少し遅かったら、どないなっていたか……」

「それが、よう分からんのやけど……」

と、源治は首を捻る。

「清さんと二人で木音屋に向かっていたら、いきなり目の前に、見た事もない婆さんが現れてなあ」

――ええ若いもんが、何をとろとろ歩いとる、さっさと走らんと、お蔦がどないなってもええんか――

「何やら、叱られているようで……」

ただ「お蔦」の名前を聞いた途端に清造が走り出し、源治も釣られるように後を追ったのだと言う。

「それより、お蔦さんに何を言うたんや？」

源治はそれが知りたいらしい。

「ほんまのことや」と、お紗代は答えた。

「せやから、そのほんまのこと、て……」

その時、お蔦が目を覚ましたらしい。

「お蔦」と、清造が名前を呼んでいる。

「清さん……。どうして、ここに？」

お蔦はゆっくりと半身を起こした。

「うち、夢を見てたみたいや」と、お蔦は清造に言った。

「うちは小さな子供になってた。木登りが好きでなあ。庭の樟に登っててん」

それから、お蔦はお紗代に視線を向けた。

「お紗代さん。思い出したわ。やっぱりあんさんの言うてた通りやった。せやけどな、夢の中で、木から落ちたうちを受け止めてくれたんは、清造さんやったんや」

お蔦は、清造の大きな腕の中にすっぽりと収まった。

「うちは、なんとも言えんほど、安心してしもうてな。ここやったら、大丈夫や。この人の腕の中やったら、なんも怖いもんはない、て、そない思えた」

「おおきに」と、お蔦はお紗代に向かって微笑《ほほえ》んだ。

清造がお蔦を抱きしめている。

お紗代は、源治の袖を引っ張って、廊下へ出た。

「あの二人は、これで一緒になれるんやな」と、源治がお紗代に言った。

「きっとそうなるやろ。良かったわ」

すると、源治がぽつりと言った。

「それで、わてとお紗代ちゃんは、どないなるんやろ」

どこかで風鈴がちりりんと鳴った。

其の六

言祝《ことほぎ》の庭

八月に入って間もなく、清造《せいぞう》とお蔦《つた》の祝言《しゅうげん》の日取《ひど》りが決まった。十月中には、庭の冬支度《ふゆじたく》も終わる。師走《しわす》は慌《あわ》ただしくなるので、祝言は十一月の半ばに挙《あ》げることになった。

その日は、清造が正式に室藤《むろふじ》の跡取《あとと》りとなる日でもある。客は室藤と木音屋《きおとや》だけでなく、日頃から付き合いの深い空木屋《うつぎや》、それにお信乃《しの》の実家の栄木屋《さかきや》だ。大掛《おおが》かりになるので、室藤の家では手狭《てぜま》だった。良い場所を探していたところ、噂を聞きつけた備前屋《びぜんや》が、「孤月荘《こげつそう》」を貸してくれることになった。元々、「花下亭《かかてい》」という料理亭だった「孤月荘」には、充分な広さの大座敷がある。

――室藤の嬢《とう》はんには、大層《たいそう》お世話になりました。その御礼どす――

藤次郎《とうじろう》は、その申し出をありがたく受けることにした。養子《ようし》の話は、そうすんなりとは決まらなかった。清造がなかなか承諾《しょうだく》しなかったからだ。

――わては庭師として、室藤に育てていただきました。先代にも棟梁《とうりょう》にも御恩があります。何も跡取りにならんかて、室藤を離れるつもりはあらしまへん。死ぬまで室藤の職人として生きて行くつもりどす。それに、室藤には嬢はんがいてます。いずれ婿《むこ》を取って跡を継《つ》いで貰えば、室藤は安泰《あんたい》や。わてが生涯《しょうがい》、支《ささ》えて行きますよって――

「嬢はんに婿を取って……」

この言葉に一番に反応したのが、空木屋の源治《げんじ》だった。

――清さん、せっかくああ言うて下さってるんや。ここは素直《すなお》に棟梁の意を汲《く》んで養子に入るんが、ほんまの恩返しと違いますやろか――

源治はやけに熱心に、清造の説得にかかった。その理由が、今のお紗代《さよ》にはよく分かる。

ただ、お紗代自身は、その様子を離れた所から眺めていた。いずれは自分の将来にも関わって来る話だ。なのに、なぜかすべてが他人事《ひとごと》のように思えた。

「嬢はんは、どない思うてはるんや」

改めて清造に尋《たず》ねられても、良く分からないと、かぶりを振るしかない。

「源治は嬢はんと夫婦《めおと》になりたいようや。多分《たぶん》そんな事やろうと、かねがね思うてた。確かに室藤を継ぐんは誰か、てことになると難しゅうなる。嬢はんも、意に添わへんもんとは一緒になれんやろ」

「清さんは、室藤を継ぐのんは嫌なん？」

すると、清造は困惑《こんわく》したように首を傾《かし》げた。

「わては室藤に骨を埋《うず》めるつもりや。養子にならんかて、室藤のために働く」

その気持ちは痛いほど分かる。幾らお蔦から庭師をやめて欲しい、と懇願《こんがん》されても、最後まで承知《しょうち》しなかった清造なのだ。庭師の子として生まれ、庭師の家で育った。他の職に就《つ》くことなど、到底《とうてい》、考えたこともないだろう。

お蔦の気が変わらなければ、生涯、妻を持つことを諦《あきら》めるつもりやった、と、お紗代は清造から聞かされていた。

「お父はんは、最初から清さんを息子のように思うてたんや。息子なんやさかい、跡継としての立場を、きっちりさせたいて考えたんやろ。うちもその方が嬉《うれ》しい。室藤を、清さんとお蔦さんに任せられるんやったら安心や」

「嬢はんは、源治と一緒になりたいんか？　それとも、丁子屋《ちょうじや》に嫁《とつ》ぐ気なんか」

清造からいきなり問われて、お紗代は返事に困ってしまった。

丁子屋との縁談を持って来た「貴千堂《きせんどう》」の久右衛門《きゅうえもん》には、未《いま》だに返事をしていない。

——長い間お待たせするのもなんやし、白紙《はくし》にして貰《もろ》うても……——

何事も清造の婚儀《こんぎ》を終えてからだ、と、お紗代は一旦《いったん》断ろうとした。だが、久右衛門は、「あちらさんは、返事はいつまでも待つ、て言うてはりますさかい」と、一向《いっこう》に動じる気配《けはい》もない。

あの木瀬屋《きせや》の鬼呼《おによび》の庭で、お紗代は自分の生まれ持ったこの力と、共に生きて行こうと決めた。しかし、それと婚姻《こんいん》の話はまた別だ。

本心《ほんしん》を言えば、誰とも一緒にならないだろうと思う。源治の良さは充分に知っている。決して嫌いではないし、むしろ好きなのだという自覚はある。

お調子者《ちょうしもの》で、煮え切らない所もあるが、お紗代には優しいし、何よりも実《じつ》がある。空木屋の職人たちからも慕《した》われているし、さらに修業を積めば、「空木屋」の立派な棟梁になるだろう。

岩松《いわまつ》にまで望まれたのには、少々驚いた。さほど親しかった訳ではない。けれど、どこか岩松に惹《ひ》かれるものを感じる自分がいる。その理由は、まさに市松《いちまつ》にあった。

市松は哀《あわ》れな子供だった。大人《おとな》になることもできずにこの世を去った。去ってなお、母を想《おも》い、弟を案じていた。その健気《けなげ》さが、お紗代の心を捕《と》らえて離さない。

(うちは誰とも一緒になれへん)

それが、自分に好意を寄せてくれた源治と岩松への礼儀《れいぎ》だ、とお紗代は思った。

ちりん……と、また風鈴《ふうりん》が鳴った。

岩松から貰《もら》ったあの風鈴は、夏が終わる頃に片づけたというのに……。

それは、八月十九日のことだ。上賀茂《かみがも》の木瀬屋から、室藤に使いが来た。なんでもお紗代に頼み事があるという。

木瀬屋から戻った後、お紗代はお江《こう》が亡くなったことを、藤次郎に告げていた。

——自分が亡《の》うなっても、親戚筋《しんせきすじ》には知らせんよう言うてはったんやて——

そんな折、お紗代は木瀬屋を訪ねたのだ。

——お江さんが、お前を呼んだんかも知れんなあ。お前が線香《せんこう》を上げてくれたんやったら、あちらも喜ばはったやろ——

その後、藤次郎は改めて、木瀬屋に弔問《ちょうもん》に行っている。

「しばらく向こうに泊って欲しいそうや。誰ぞ供に連れて行くか？」

藤次郎の言葉に、お紗代は考え込んだ。

「この前は、源治さんが一緒に行ってくれはったんやけど……」

独り身を通そうと考えたせいか、今回も源治に頼るのは気が引ける。

「駕籠《かご》を使《つこ》うたらええ。あちらさんは、少しでも早《はよ》う来て貰いたいそうや」

よほど急な話なんやろう、と藤次郎は言った。

翌、二十日の早朝、日も顔を出さないうちに、お紗代は室藤を出た。下弦《かげん》には早い月が、南の空に浮かんでいる。昼間は暑さも残っているが、朝はそろそろ肌寒さを感じる頃だった。

駕籠に揺られているうちにしだいに眠くなり、はっと気がついた時には、辺《あた》りは一面、稲田《いなだ》の海だった。稲穂が黄金《こがね》に染まるのも、もうじきだ。

室藤のある洛中《らくちゅう》よりも、この辺りの方が遥かに涼《すず》しかった。点在する農家の庭木の葉も、わずかに色づき始めている。

東山連山《ひがしやま》や、愛宕山《あたごやま》を始め、洛西《らくせい》の山々は、海松色《みるいろ》の影となって横たわっていた。

木瀬屋の門の前では、壱兵衛《いちべえ》の妻女《さいじょ》のお芳《よし》が、お紗代が来るのを待っていた。

「遠いところ、ようお越《こ》しやす」

にこやかな顔で言ってから、お芳は頭を下げる。その丁寧《ていねい》な物腰に、お紗代の方が却《かえ》って恐縮《きょうしゅく》してしまった。

「わざわざお呼びだてして、すんまへんなあ」

小柄で小太り。目じりがやや下がり気味《ぎみ》の穏《おだ》やかな顔立ちだ。白髪交《しらがま》じりの髪を、一本の乱れもなく結《ゆ》っている。

お紗代は思わず、自分の鬢《びん》の辺りを撫《な》でつけていた。家を出る前、鏡の前で念入りに仕度《したく》をしたつもりだった。しかし、寝起きで頭がはっきりしていなかったので、急に粗相《そそう》がないか気になったのだ。

「うちの方こそ、その節《せつ》はいきなりお訪ねして、ほんまに失礼をいたしました」

頭を下げ、再び顔を上げた時、お芳の後ろに隠れるようにして立つ、一人の少女と目が合った。

年の頃は、八歳くらいだろうか。色白の黒目勝《が》ちの目をした、愛らしい娘だ。小作りの顔立ちで、頤《おとがい》の先がつんと尖《と》がっている。

「お孫さんどすか？」

お芳はちらりと振り返ってから、すぐにお紗代にこう言った。

「へえ、千勢《ちせ》ていいますのや」

それから、再び娘を見る。

「お紗代さんに、ご挨拶《あいさつ》しいや」

娘はじっとお紗代を見上げてから、小さくお辞儀をすると、すぐに庭の方へと駆け出して行った。

お芳はふっとため息をついた。

「皆で甘やかすもんやさかい、我がままに育ってしもうて……」

と言いながらも、その口ぶりは、孫を溺愛《できあい》する祖母のものだ。

以前、お紗代が木瀬屋を訪れた時、息子の伊助《いすけ》と、妻女のお民《たみ》とは顔を合わせている。酒席だったので、子供は出さなかったのだろう。

お紗代はお芳に案内されて、お江《こう》のいた離れ屋《はなれや》に行った。座敷ではすでに壱兵衛が、お紗代が来るのを待っていた。

お紗代は驚いた。壱兵衛がてっきり仕事に出ているものと思っていたからだ。お紗代への話が夜になるので、泊って行くように言ったのだと……。

「今日の仕事の差配《さはい》は、息子に任せてますよって……」

伊助の年齢は、清造とさほど変わらないように思える。若棟梁としても、すでにそこそこの力があるのだろう。

お芳が立ち去ると、壱兵衛はお紗代を座敷に招き入れた。

壱兵衛の向かいに座り、ふと顔を庭に向けた時、一群れの鬼灯《ほおずき》が目に入った。一本の太い茎に、朱色の先の尖った実が連《つら》なっている。その傍《かたわ》らには、黄色と臙脂《えんじ》色の小菊が、互いに絡《から》み合うようにして茂《しげ》っていた。

夏の名残《なごり》のような百日紅《さるすべり》が、お紗代の目を引いた。紅の花が未《ま》だ咲き誇っている。滑《なめ》らかな肌の幹も太く、丈《たけ》も高い。その側《そば》に、七竈《ななかまど》の木があった。木の下には千勢がいた。

七竈は赤い小さな実をびっしりと付けている。時折、枝葉が揺れるのは、風というより、小鳥が啄《ついば》んでいるからだろう。千勢は熱心にその様子《ようす》を見ている。

「可愛《かわい》らしいお孫さんどすな」

壱兵衛が丁寧に淹《い》れてくれた茶を一口啜《すす》って、お紗代は言った。苦味《にがみ》よりも甘味の強い茶だ。

「千勢どすな」

壱兵衛は目を庭にやったが、すでに千勢はそこにはいない。紅葉《もみじ》を思わせる着物が、庭木の間からチラチラと見えている。

「少しも大人《おとな》しゅうしてへんので、困ってますのや」

壱兵衛は相好《そうごう》を崩した。

「上に男児が二人いてますんやけど、娘は千勢一人どすねん」

「お幾つどすか？」

「年が明ければ八歳どす。上の二人は十二歳と十歳どすわ」

そう言ってから、壱兵衛は、「実は」と、どこか言い難《にく》そうに眉《まゆ》を寄せた。

「お紗代さんに頼みがおます。厚かましいお願いなんどすけど……」

一旦《いったん》言い淀《よど》んでから、壱兵衛はまっすぐにお紗代を見た。

「この家に、来てくれまへんやろか」

えっと言ったきり、お紗代は言葉に詰《つ》まっていた。

「いやいや」と壱兵衛は否定するように、己の顔の前で片手をひらひらと振る。

「嫁に来てくれ、とか、そういうのとは違います」

それは、そうだ。幾らなんでも、十二歳の孫の嫁に望む筈《はず》はない。

「お江様の代わりを務《つと》めるもんが、いてしまへんのや」

ふうっと肩で大きく息を吐《は》いて、壱兵衛は言った。

「お江様の代わり、て、鬼呼の巫女のことどすか？」

問い返すと、すかさず壱兵衛は身をぐっと乗り出して来る。

「もうじき、神社の冬支度をせなあきまへん。朝と晩、わしら神庭者《かんばもの》を祓《はろ》うてくれる巫女が要《い》りますのや。今はそれができるもんがいてしまへん。せやさかい、庭の仕事も、近隣の庄屋《しょうや》や商家の寮しか引き受けんようにしています」

一息にそう言うと、壱兵衛は再び視線を庭へ向け、さらにこう続けた。

「とにかく、この庭に、主《あるじ》がいてへんことには……」

お紗代も庭を見た。日差しが陰《かげ》り始めている。今になって、なんとなく空気が違うのを感じた。

季節が移れば、当然、風の匂いも違って来る。花木や草の発する匂いが変わるからだ。だが、それだけではない何かが、今、この庭をひたひたと水のように浸していた。

「気づかはったようどすな」

満足そうに壱兵衛が頷いた。

「ここは鬼呼の庭や。あの世とこの世の境目《さかいめ》にある。お江様がその境を仕切《しき》ってはった。お江様がいなくなれば、ここはあの世の力が増して来るんどす」

「そうなると、どないなるんどすか？」

「わしには見えんのやけど、ここの庭は、鬼が集まるんやそうどす。土地がそういう性質《たち》なんどすな」

「性質、て。まるで、人みたいどすな」

「同じどす」と、壱兵衛はきっぱりと言った。

「庭も人と同じで、それぞれ生まれ持った性質がおますのや。」

「鬼」とは、「死者の魂」だとお江は言っていた。

「せやったら、今も、この庭は鬼がいてるんどすか？」

お紗代は、庭をぐるりと見回した。以前、お希久《きく》はまるで生き人《びと》のように、お紗代の前に現れた。だが、今は人影一つ見えない。

「今は、いてへんよ」

突然、子供の声が聞こえた。見ると、いつの間にそこにいたのか、千勢が廊下《ろうか》の柱の陰からひょっこり顔を覗《のぞ》かせた。

「せやけど、じきに鬼がここに来はる」

「なんで、そない思うん？」

お紗代は千勢に尋ねた。真っ黒い目が、まるで深い水底のようだ。

千勢はにっこりと笑った。

「その鬼は、お姉ちゃんのことを待ってはったさかいに……」

そう言ってから、「ほら」と千勢は庭の前栽《せんざい》を指差した。さっき千勢が見上げていた七竈の木の辺りだ。

「あのお人や」

その途端、お紗代は声を失っていた。そこにいたのは、市松だった。

「市松さんっ」

思わず叫んで腰を上げた。だが、市松の姿は、緑の影に呑み込まれるように消えてしまった。

ゆっくりと寄せて来る波のように、時が動き出した気がした。

「何か見えはったようどすな」

振り返ると、壱兵衛の静かな眼差《まなざ》しがそこにあった。

「千勢、そろそろお父はんが戻る頃や。迎えに出たらどうや」

壱兵衛に言われて、千勢は思い出したように「あっ」と声を上げた。それからすぐにお紗代の手を取ると、顔を覗き込んでこう言った。

「お姉ちゃん。今日は泊らはるんやろ。まだ帰ったりせえへんやろ？」

懇願されて、お紗代は戸惑《とまど》いを覚えた。確かに今日はもう戻れない。何よりも、市松の姿を見てしまったのだ。帰る訳には行かなかった。

「うん、いてるえ」とお紗代は頷《うなず》く。

千勢は嬉しそうに笑うと、すぐにその場から駆け出して行った。

「壱兵衛さん、千勢ちゃんは……」

お紗代に尋ねる間も与えず、すぐに壱兵衛は「そうどす」と言った。

「あんさんと同じどすわ。人の目に見えぬものが見え、聞こえぬ声が聞こえる。神庭守の血どっしゃろな。あの娘《こ》は、大叔母《おおおば》のお江様に、よう似てる」

「お千勢ちゃんが、お江様の跡を継がはるんどすか?」

「そうなりますやろ」

と、壱兵衛は答えた。

「生前、お江様も、それを望んではりましたさかい」

「せやったら、何もうちが代わらんかて、ええんと違いますか?」

鬼呼の巫女は、木瀬家の当主だ。お紗代に務まる筈がない。

「ごらんの通り、まだほんの子供どす」

壱兵衛は力なくかぶりを振った。

「鬼を祓うにしても抑えるにしても、力が足らんのどす。せめて、後、五年は経たんと……」

五年……。それでも、わずか十二、三歳だ。

「その年で、巫女になるんどすか？」

鬼呼の巫女は、生涯独り身だと聞いている。千勢はお江のように、その人生をこの庭で過ごすというのだろうか……。

「いつまでも、て訳やあらしまへん」

壱兵衛はすぐに否定した。

「後継者が現れるまでどす。お江様は独り身を通された。許嫁《いいなずけ》だった男に早々《そうそう》に死なれたので、苦はないからと……」

あるいは……。お紗代は夕闇の迫る庭に目をやった。

（ここには死者の魂がやって来る。お江様の想い人も、もしかしたら……）

この庭で、二人は度々逢瀬《たびたびおうせ》を楽しんでいたのかも知れない。お江の寿命《じゅみょう》が尽きる、その日まで……。

「せやさかい、ずっといてくれて言うんやないんどす」

壱兵衛は真剣《しんけん》な顔をお紗代に向けた。

「千勢がもう少し大きゅうなるまでや。せめて五年、ここで巫女を務めて貰いたいんどす」

（後、五年……。うちは二十四歳になる）

さすがに、源治も岩松もそれまでは待てないだろう。

「断っても、ええんどすやろか」

思い切って言ってみた。幾ら遠い親戚とはいえ、お紗代は木瀬屋の者ではない。

「かましまへん。決めるのはお紗代さんどす」

壱兵衛は前のめりになっていた姿勢を、すっと戻した。

断った方が良いのは、自分でも分かっていた。だが、先ほど見た市松の姿がどうしても気になった。

ここの庭には、この世に未練《みれん》を残してさ迷う鬼がやって来る。何にせよ、市松が現れたのなら、彼に何か思い残すことがある筈なのだ。

お紗代は、市松が、丁子屋の寮の庭からすでに自由になっているとばかり思っていた。だが……。

(市松さんを引き留めているんは、うちなんやろか)

ちりん……。また風鈴が鳴っている。

「少し考えさせて貰えまへんやろか？」

お紗代は遠慮気味《えんりょぎみ》に壱兵衛に言った。

「すぐに返事が貰えるとは思うてしまへん。二、三日、ここでゆっくり考えとくれやす。千勢も喜びますやろ」

お紗代が考える、と言ったことで安堵《あんど》したのか、壱兵衛は満足げに頷いた。

夕暮れの木瀬屋の庭を、お紗代は一人で眺めていた。壱兵衛は、夕餉《ゆうげ》には呼ぶからと、お紗代を残して離れ屋を出て行った。木瀬屋にいる間は、この部屋を使《つこ》うとくれやす、と去り際《ぎわ》に壱兵衛は言った。

母屋《おもや》から離れているので静かだ。己の行く末を考えるには丁度《ちょうど》良い。

(なんで、こないなことになったんやろう?)

自分でも分からぬままに、何かの力で引き寄せられたような気がした。お紗代を呼んだのは、明らかに、お江だ。

千勢を後継者にしようにも、自分の命はそこまでは続かない。そう見越《みこ》して、お紗代が来るのを待っていたのだろう。

(偶然やないんやろうなあ)

お紗代は来るべくして、この鬼呼の庭を訪れた。そうして、お希久の願いを知り、お蔦と清造を結びつけた。

今度は、お江の願いを叶《かな》えるべきなのだろうか。

千勢が成長するまで、この庭を守って欲しい……。それを、お江は願っている。

「お紗代ちゃん……」

突然、傍らで声がした。お紗代は縁側に座っていた。すぐ隣に市松がいる。

一瞬、韓藍《からあい》の庭が目の前に広がった。

涙が零《こぼ》れそうになった。懐《なつ》かしさからなのか、愛《いと》しさなのかは分からない。きっと、その両方なのだ。

(酷《むご》い庭や)

お紗代はそう思いながら、無理やり市松に笑いかけた。間近《まぢか》にある市松の顔も、安堵したように綻《ほころ》んでいる。大人の姿をしていても、その心は亡くなった時の子供のままだ。お紗代の情の移ろいに、素直に喜んだり悲しんだりする。

生き人に、死に人を引き合わせるこの庭は、忘れたい者を呼び寄せてしまう。

「あんたに会いたかったんや」

お紗代はわざと明るい声で言った。

「どうせなら、もっと度々うちの前に出て来てくれたらええのに」

だが、市松は寂《さび》しげな顔で、かぶりを振った。

「わてが、お紗代ちゃんの側にいたらあかんのや」

「せやけど、殺生屋敷《せっしょうやしき》でうちに力を貸してくれたやろ。お陰《かげ》で、岩松さんも源治さんも助けられた」

「あの屋敷は、ここと似てる。ただ、殺生屋敷には魔を抑える力がなかっただけや」

「ここの庭には、巫女がいてたさかいな」

お紗代が呟《つぶや》くと、うんと市松は小さく頷いた。

「お江様がおらんようになったさかい、今は千勢ちゃんがここを抑えてはる。あの小さな身体《からだ》で……」

お紗代は驚いた。千勢はまだ七歳だと聞いている。

「千勢ちゃんは、まだ巫女を継いだ訳やあらへんやろ」

お紗代の言葉に、市松は呆《あき》れたような顔をした。

「継ぐ、とか、継がんとか……。それは人の世の勝手な都合《つごう》や。力のあるもんがおらんようになったら、代わりのもんに役割が移る。木瀬屋の棟梁にも、そこのところはよう分かってへん」

壱兵衛は最初から、千勢は幼いのでお江の役目は引き継げない、と考えている。

「大人やから強い、子供やから弱い、ていうのんは、ただの思い込みや、て、こと?」

「岩松も源治て人も、殺生屋敷の時まで、お紗代ちゃんのほんまの強さを知らんかったやろ」

市松はそう言って笑った。

（うちのほんまの力……）

考えてみたら、それがどんなものなのか、お紗代にはよく分からない。

人には見えないものが見え、聞こえない声が、聞こえる……。それだけではない何かが、まだ潜《ひそ》んでいるような気がした。

初めて、怖い、と思った。自分自身が怖い、と。

「頼みがあるんや」

しばらくして、市松がぽつりと言った。

すでに日は暮れ、暗闇がそこかしこに生まれた庭に、秋の気配が漂っている。夜風に乗って、菊の香りが鼻先を掠《かす》めていた。

「わてを、引き留めんといて欲しい」

市松の顔が、白く浮き上がって見えた。昼間は生き人とは変わらないのに、夜ともなれば、明らかにあの世の住人に見える。

「うちのせいなんやな」

お紗代は声音《こわね》を強めた。

「うちのせいで、市松さんは、今もさ迷ってはるんやな」

だが、市松はゆっくりとかぶりを振った。

「そうやない、岩松や」

と、市松ははっきりと言った。

「岩松が、わてを引き留めてるんや。お紗代ちゃん、岩松を、どうか助けてやって欲しいんや」

真剣な目で見つめられて、お紗代は怒りに似たものを覚えていた。

「岩松さんを、助けてくれ、て……。それやったら、うちは、どないなるん？」

市松は無言でお紗代の顔を見つめている。

「うちは、あんたの事が忘れられへんかった。あかん、て、どない思うても、あんたはうちのここから、消えてくれへん」

お紗代は、拳《こぶし》で自分の胸を叩いた。

「いっそ、何も見えんかったら良かったんや。あんたの声が聞こえへんかったら……。あんたに会《お》うてしもうたお陰で、うちは……、うちは……」

後は言葉にならなかった。

（源治さんと一緒になることに、躊躇《ためら》うことはなかった。岩松さんに気持ちを惑《まど》わされることもなかった）

壱兵衛の申し出も断って、さっさとこの庭を出て行けたのに……。

「あんたは、ひどい男や。うちの心を持って行ってしもうて、今かて返そうとはしてくれへん」

しかも、言うに事欠《ことか》いて「岩松を助けてくれ」とは……。

「幾ら、あんたが弟想いでも、この仕打《しう》ちはあんまりや」

お紗代は声を上げて泣き出していた。

(最初から、これはうちの片想《かたおも》いや、て、分かってたのに……)

それでも行き場のなくなった感情は、涙となって溢《あふ》れて来る。もう自分でも止めようがなかった。

「堪忍《かんにん》え」と、市松がそっと耳元で囁《ささや》いた。

気がつくと、市松の両腕が、お紗代の身体を包み込むように抱いている。

「あれは、いつの事やったやろか」

市松は水面《みなも》を通りすぎる風のような声で、お紗代に話し始めた。

「まだ、寮に行く前のことや。子守りの婆《ばあ》やに頼んで、こっそり外に連れて行って貰《もろ》うた」

寝たり起きたりの生活が続く中で、その日は、たまたま気分が良かった。

薬師堂《やくしどう》の境内《けいだい》では子供等《ら》が遊んでいる。市松は木陰《こかげ》からその様子を眺めていた。

「岩松が独楽《こま》を回しているのも見た。一緒に遊びたかったんやけど、お母はんには内緒《ないしょ》で出て来たさかい、それもできひん」

そんな中、一人の女の子が目についた。

「えろう元気が良《よ》うてな。小さいくせに、木登りが得意なんや」

市松は思い出したようにくすっと笑った。

「まるで子猿や。木の上から隣の枝に移ろうとして、落っこちかけてな。近くにいた大人《おとな》から怒られとった」

お紗代は思わず顔を上げた。涙はいつしか止まっている。

「あれ、お紗代ちゃんやろ」

「市松さん、見てはったん？」

今度は恥ずかしさで頬が熱くなる。

「羨《うらや》ましかった。岩松も、お紗代ちゃんも……」

市松はそう言って、お紗代の顔を覗き込んだ。

「わても、一緒に大人になりたかった。そうしたら、お紗代ちゃんに辛《つら》い想いはさせへんかったのに……」

「堪忍して」

お紗代は市松の身体に縋《すが》りついた。

「一番辛いんはあんたやった。一番、悲しいんは、あんたやった。うちは自分の気持ちばっかり、で……」

抱きしめようとしたが、なんだか手応《てごた》えがない。市松の姿が、しだいに薄くなって行くのが分かった。

「岩松さんは、うちが助けるさかい、あんたは安心してて……」

消える寸前、市松が笑ったような気がした。その口元が微《かす》かに動いている。

――わても、好きや――

そう言っているような気がした。

「お姉ちゃん、泣いてはるん？」

声の方に顔を向けると、千勢が灯りを手にして立っている。

「なんでもあらへん」

と、お紗代は笑った。

「あの鬼は、もういてはらへんなあ」

きょろきょろと辺りを見て、千勢は言った。

「用事が済んださかい、行ってしもうた」

千勢はじっとお紗代の顔を見つめた。傍らで揺れる灯火《ともしび》が、幼い顔を映し出している。無邪気《むじゃき》である筈なのに、どこか大人が持つ不安げな表情が、お紗代の胸をしめつけた。

「もうじき夕餉やろ。その前にお姉ちゃんと一緒にお風呂へ入る？」

お紗代の誘いに、千勢の顔がぱっと輝いた。

翌朝、壱兵衛に用意して貰った駕籠で、お紗代は帰路《きろ》についた。玄関で見送ってくれたのは、壱兵衛とお芳、それに息子の伊助とお民の若夫婦だ。千勢は彼等の後ろに隠れている。お紗代が一泊しただけで帰るのが、気に入らないようだった。

母親のお民とはすっかり親しくなった。小柄で肉付きがよく、柔らかな印象で、お紗代はすぐに打ち解《と》けていた。十六歳で西賀茂村《にしがもむら》から嫁いで来たという。十二歳を頭に三人の子供がいるとは思えないほど、若々しく見えた。

昨晩、そのお民が話してくれたことを、お紗代は思い出した。

――千勢には、友達て呼べるもんがいてへんのどす――

幼い頃から言動が変わっていたので、村の子供たちとはどうしても馴染《なじ》まないのだと言う。兄二人も、最近は父親の仕事を手伝い始めている。そのせいもあって、千勢はいつも一人で庭にいた。

お江の許《もと》へはしょっちゅう行っていたが、今は、そのお江もいない。お民には、千勢の力がどのようなものかはよく分かってはいなかった。

独り言を呟きながら笑っている娘の姿を見ると、たまに不安になるのだ、と、お紗代にこっそりと零していた。

――うちもお千勢ちゃんと同じような子供どした。せやさかい、心配はいらへん

と思います──

　安堵したようにため息をついたところをみると、お民には、どうやら「庭封じ」の話は知らされてないようだった。

「お紗代さんが、ずっとここにいてくれると思うてたようで……」

　千勢が後ろを向いたままなので、お民が申し訳なさそうに言った。

「かましまへん」

　と、お紗代は言ってから、皆の背後にいる千勢に声をかけた。

「お姉ちゃんは用事があってちょっと家に帰るだけや。また、戻って来るさかい、その時は仲良うしてな」

　返事はなかったが、千勢がちらりと振り返ったような気がした。


　お紗代が戻ると、室藤はなぜか騒然《そうぜん》としていた。しかも源治までいる。

「あ、お紗代ちゃん」

　源治はお紗代を見るなり、駆け寄ろうとした。だが、それよりも早く、お紗代は清造に捕《つか》まっていた。

「嬢はん、あんまりやないか」

　清造は何やら怒っているようだ。

「清さん、どないしたん？　それより仕事は……」

「仕事はどないでもええ。それより、木瀬屋に養女《ようじょ》に行くて、どういうことや？」

驚いたのは、お紗代の方だ。

「木瀬屋に養女、て……」

「わてが、お蔦とこの家に住むのんが嫌やったら、わてら夫婦が出て行けばええことや。それを、なんで嬢はんの方が出て行かなあかんのや」

「養女、てなんや？」

そこへ源治が割って入った。

「わてが聞いたんは、木瀬屋に嫁に行く、て話や」

「嫁、て？」

話が随分《ずいぶん》混乱している。

お紗代は声を上げた。

「うちは嫁にも養女にも行く訳やない。いったい、どこでそないな話になったんや？」

そこへ騒ぎを聞きつけたのか、藤次郎がやって来た。その後ろには庄吉《しょうきち》と孝太《こうた》の二人が、項垂《うなだ》れた様子で立っている。

「この二人のせいや」

藤次郎は、背後に視線をやってから、腹立たしげに言った。

「人の話をいい加減に聞いて、余計なことをしゃべるさかいに……」

「お父はん、いったい何があったん？」

お紗代は、すっかり小さくなっている庄吉と孝太に目をやった。

「どうもこうもあらへん」

昨日、お紗代が室藤を出た後、木瀬屋から再び使いが来た。その時に、藤次郎は、壱兵衛がお紗代を巫女に望んでいるという話を聞かされたのだ。

――お紗代さんは、今、どないするか考えてはるところどす。つきましては、棟梁のお気持ちを確かめておくよう、言いつかって参りました――

その話を、たまたま庄吉が立ち聞きしてしまった。庄吉は孝太に「お紗代が木瀬屋に養女だか、嫁に行く」と話し、それを清造が聞きつけた。それと同時に、久しぶりに顔を出した源治の耳にも入ってしまったのだ。

「そういう話やあらへんのに」

お紗代は清造と源治を見た。

「違うんか？」と、清造がほっと肩を降ろした。

「当たり前やろ」

「せやったら、嫁か？」

源治はまだ食い下がって来る。

「木瀬屋の息子さんは、まだ十二歳や」

お紗代は呆れたように言った。

十二歳と聞いて、やっと源治も安心したようだ。

「そういうこっちゃ。清造、この二人を連れて早《はよ》う仕事へ行け。他の職人はもう行っとる。差配するもんが遅れてどないするんや」

藤次郎に叱られた清造は、両手でそれぞれ庄吉と孝太の襟首《えりくび》を摑《つか》んで、引きずるようにしてその場を立ち去った。

「それで、話はどないなったんや？」

藤次郎は三人の姿が消えると、さっそくお紗代に問いかけて来た。さすがに娘を巫女に、と言われて戸惑っているようだ。

「そのことやけど」

お紗代は源治を見た。源治の顔には、不安の色が揺れている。

「お江様の代わりをして欲しい、てそない言うてはるんや」

「それは、巫女てことやろ。確か、独り身を通すて……」

源治の顔色が変わった。源治はお紗代の両肩を摑んだ。

「断るんや、お紗代ちゃん。絶対、引き受けたらあかん」

「これ、源治」と、藤次郎が窘《たしな》めた。

「決めるんは、お紗代や。お前が口を出すことやない」

「せやけど、棟梁……」

声音には悲愴《ひそう》な思いが漂っている。

「お江様の跡を継ぐんは、お千勢ちゃんや」

「確か、壱兵衛さんの孫娘やったな」

「せや」と頷いてから、お紗代は言葉を続けた。

「まだ七歳なんや。小さいさかい、五年ほど、うちに巫女を務めて欲しい、てそない言うてはるんや」

「五年……」

茫然《ぼうぜん》と源治が呟いた。

「それで、引き受けたんか？」

藤次郎に問われて、お紗代はかぶりを振った。

「はっきりとは決めてへん。とにかく、その前に、うちにはやらなあかんことがある。せやさかい、戻って来たんや」

そう言ってから、お紗代は急に押し黙ってしまった源治に目を向けた。

「頼みがあるんやけど……」

「ああ、なんや？」

問いかけて来るが、心ここにあらずといった表情だ。

「丁子屋の岩松さんを、呼んで来て欲しいんや」

「分かった」

源治はお紗代に言われるままに頷いていた。


その日の昼下がり、お紗代の許に岩松がやって来た。二人きりになりたいと、源治には引き取って貰った。

いつもなら、なんだかんだと難癖《なんくせ》をつけて居座《いすわ》る源治だったが、今日ばかりは妙に素直に帰って行った。

「源治はん、なんや様子がおかしゅうおますなあ」

お紗代の淹《い》れた茶を啜りながら、のんびりとした口ぶりで岩松は言った。暑さの残る風も、庭を通り過ぎる頃には涼しくなる。

茶を飲んだきり、菓子にも手を付けず、岩松は庭先の桔梗《ききょう》の一群れを眺めていた。何かを口にしたそうにしているが、なかなか言い出せないようだ。

「縁組の話どすけど……」

お紗代の方から切り出した。はっとしたように岩松はお紗代を見る。

「長い間、お返事を待たせてしもうて、堪忍しとおくれやす」

お紗代は頭を下げた。岩松の気持ちは嬉しいと思っている。だが、岩松の本心を知りたかった。

「ほんまにうちを嫁に欲しい、て思うてはるんどすか?」

思い切って尋ねてみた。

「へえ、それはもう……」と岩松は言ったが、その瞳が一瞬揺れたのを、お紗代は見逃《みのが》さなかった。

「うちのこと、好いてはるんどすか?」

岩松は口元をわずかに綻ばせる。

「何を言わはるんどす? 好きやさかい、『貴千堂』さんに頼んだんどすえ」

——岩松を、助けてやって欲しい……——

鬼呼の庭で、市松はお紗代にそう言った。それは、つまり、岩松がその心に何かを抱えているということだ。だが、お紗代の前で岩松はそれを微塵《みじん》も見せない。

(ほんまは、うちをお嫁にしたいんやない)

なんとなく、そんな気がする。岩松は、お紗代を必要としているのだ。そのことに、岩松自身が気づいていない。

岩松は苦しんでいる、そう思った。だから、お紗代に側にいて欲しいのだ。もし、お紗代が他の誰かと結ばれてしまったら、そう簡単にお紗代とは会えなくなるから……。

岩松がお紗代を求めるとしたら、その理由はただ一つ。市松に関わることだった。

岩松が引き留めている……。

市松も、そう言っていたではないか？

「市松さんのことで、何か心残りがあるんと違いますか？」

お紗代は一歩、岩松の心の中に踏み込んだ。

「急に、何を……？　今日のお紗代さんは、なんやおかしゅうおすえ。源治はんとなんかあったんどすか？」

反対に問いかけて来るその口元が、ぴくぴく震《ふる》えている。

「上賀茂の木瀬屋さんの庭は、鬼呼の庭て呼ばれてます。鬼ていうのんは、亡くなった人の魂どすねん。なんや心に引っ掛かるもんがあって、あの世に行くに行けない魂が集まるところやそうどす」

お紗代は静かな口ぶりで岩松に語りかけた。

「うちはその庭で、市松さんと会《お》うて来たんどす」

そう言った途端《とたん》だった。岩松の手から湯飲みが落ちた。それまで落ち着き払っていた岩松が、形相《ぎょうそう》を変えて、お紗代の前にすり寄って来た。

「市松に、会《お》うたんどすか？」

岩松の両手が、縋るようにお紗代の手を握《にぎ》りしめる。

「会わせておくれやす。市松に会わせておくれやす。どうか、兄さんに……」

岩松は声を詰まらせると、泣き崩れていた。

肩を震わせている岩松の背中を、お紗代はそっと撫でてやった。


しばらくの間《あいだ》そうしていると、やがて岩松も落ち着いて来たようだ。

「えらい、すみません。みっともないところを見せてしもうて……」

着物の袖で濡れた頬を拭《ぬぐ》いながら、岩松は顔を上げた。

「やっぱり、何かあるんどすな」

お紗代は尋ねた。岩松は「へえ」と頷いた。

「子供の頃、よう遊んでいた薬師堂の境内を覚えてはりますか？」

二条通《にじょうどおり》のお信乃の実家、「栄木屋」の近くに薬師堂はあった。境内は近隣の子供等の恰好《かっこう》の遊び場だ。たまにしか行ったことはなかったが、それでも、そこで遊んだ記憶は鮮《あざ》やかに残っている。

「あの境内の隅《すみ》に、小さなお稲荷《いなり》さんの祠《ほこら》がありましたやろ」

それは、大きな欅《けやき》の木の下にちょこんと祀《まつ》られ、塗《ぬ》りの剝《は》げた木彫りの狐が、狛《こま》犬《いぬ》のように左右に置かれていた。

その稲荷は子供の願いをなんでも聞いてくれるという。お紗代も母の病《やまい》が治るよう、何度か手を合わせたことがあった。

「欅の周りを、後ろ向きに百回廻《まわ》れば願い事が叶《かな》う。そないな謂《いわ》れがおました」

えっ！　とお紗代は声を上げた。

「うちは、ただ祈《いの》ればええんやとばかり……」

苦笑を浮かべて、岩松はかぶりを振った。

「お紗代さんは、知らんかったようどすな」

「それで、お母はんのことを頼んでも、聞いてくれへんかったんやな」

元々、お紗代はその町内の子供ではない。後ろ向きに百回、欅を廻るなど、知る筈もなかった。

「あのお稲荷さんは、わての願いは聞いてくれたんどす」

岩松は声を潜《ひそ》めるようにして言った。

「岩松さんの願いて……？」

何気《なにげ》なく尋ねて、お紗代ははっとした。岩松の心の闇に、一瞬、触れたような気がしたからだ。

「市松が、早《はよ》ういなくなればええ、て、そう願《ねご》うたんどす」

絞《しぼ》り出すような岩松の声が、お紗代の胸に黒々とした墨《すみ》の雫《しずく》を落としている。

「わては、市松の……、兄さんの死を願《ねご》うたんどす」

「どうして、そないなことを……」

お紗代は声を失った。

「わてが、あの寮の庭の鶏頭《けいとう》を抜いた時の話をしましたやろ」

母親が、市松だけを大事にする。そのことをやっかんで、岩松は母親の祈りの籠《こも》った鶏頭を抜いてしまった。

「『お前は市松の命を奪う気か』て、そない言われて。それやったら、ほんまに奪《うば》うてやる、ついそう思うて」

腹いせに、岩松は稲荷の祠で願掛《がんか》けをしたのだ。

「後ろ向きに歩くのは、なかなか辛《つろ》うおす。せやさかい、願掛けなんぞ、本気でやるもんはいてしまへん。せやけど、わてはよっぽど腹が立ってたんどっしゃろな。とうとう、百回廻り終えてしもうたんどす」

その後のことは、お紗代もすでに知っている。結局、市松は命を落としてしまった。

「願掛けをした後、急に怖うなりました。もし、ほんまに願いが叶うたら、わては人殺しや」

　自分の行為の恐ろしさを打ち消そうと、岩松は兄に大事な独楽を渡した。

「あれは本気や無かったんや。せやさかい許してくれ。それがわての本心やったんどす」

　それから、岩松はまっすぐにお紗代の顔を見た。

「あの韓藍の庭で、お紗代さんは市松に会《お》うた、て言わはった。確かに、独楽の埋《う》められた場所も知ってはった」

　本当に市松の幽霊がいるのなら、きっと岩松のしたことを知っている筈だと思った。

「きっと、わてを恨《うら》んでいる筈や、そない思うて……」

「あの独楽は、市松さんの宝物や、てうちは言うたやろ」

　お紗代の方が泣きたくなった。市松は、微塵も恨み言は言わなかった。ただ、母親と弟のことを案じていただけなのに……。

「すんまへん。あれから長崎《ながさき》にいてた間、だんだん何もかもが夢のように思えて来て。わては、お紗代さんにええように騙《だま》されたんやないか、て……」

「ほな、ずっとうちを嘘つきやて、そないな風に思うてたんどすか」

「違います」

慌てたように岩松はかぶりを振った。

「ほんの少しは疑う気持ちもありましたんやけど、京に戻って、お紗代さんの『庭封じ』の噂を聞くうちに、もしかしたら、て思うようになって。あの殺生屋敷での出来事で、今はもう心から信じてますのや」

「せやさかい」と、岩松は懇願するように言った。

「市松に会わせておくれやす。お紗代さんの力を確かめたいんやない。わては、市松に謝りたいんどす。この通りや」

岩松はお紗代の前に、深く頭を下げたのだった。

その日の内に、お紗代は岩松を伴《ともな》って再び木瀬屋に向かった。早駕籠《はや》を使ったので、上賀茂についた時は、まだ宵《よい》の口だった。

千勢が嬉しそうにお紗代に飛びついて来た。それを宥《なだ》めて、お紗代はお江の離れ屋を貸して欲しいと、壱兵衛に頼んだ。

連れの岩松の様子から、壱兵衛は何かあると察したらしい。理由は聞かずに、二人を離れ屋に通してくれた。

「市松さん、いてはる?」

黄昏時《たそがれどき》の庭に向かって、お紗代は声をかけた。

「岩松さんを連れて来た。市松さんにどうしても会いたいて言うてはる」

前栽の横に石灯籠《いしどうろう》があった。わずかな灯明《とうみょう》が揺れている。しばらく待っていると、そこに市松の姿が現れた。

「岩松さん、市松さんが、あそこに……」

お紗代は石灯籠を指差した。ところが、岩松にはその姿が見えないらしい。

「どこや。どこにいてるんや……」

岩松は裸足《はだし》で庭に降りた。まるで暗闇を行くように、岩松は両腕を伸ばして、辺りを探っている。

その様子を、市松が悲しげな目で見つめている。

「兄《あに》さん、どこにいてるんや。お紗代さん、なんで姿が見えへんのどす」

お紗代は息を呑み、己の無力さに叩きのめされていた。

(この庭の鬼は、普通の人には見えへんのや)

確か壱兵衛も、見えないと言っていた。

幾《いく》ら鬼を見る力があったとしても、人にその姿を見せてはやれないのだ。

「兄さーん、どこや。どこにいてるんや」

岩松は半泣きになって、市松を求めている。市松もまた、岩松の傍らで、辛そうに顔を歪《ゆが》めているばかりだ。

あの世とこの世の兄と弟は、近くにいながら、触れ合うこともできないでいる。

（どないしたらええんや）

お紗代はただ嘆くしかなかった。自分には、人にはない力がある。その力で、人を助ける。そう豪語《ごうご》していた自分の驕《おご》りに、お紗代は今になって気がついたのだ。

その時だった。お紗代の手に、誰かがふわりと触れて来た。驚いて視線を落とすと、すぐ傍らに千勢がいた。

千勢の小さな手が、お紗代の手をしっかりと握りしめている。

「お姉ちゃん。うちもいてるえ」

そうだった。この娘《こ》がいた。

（うちは一人やない）

お紗代は千勢に言った。

「うちに力を貸して」

「どないしたらええん？」

無邪気に聞き返して来る千勢に、お紗代は言った。

「祈って。あのお兄さんたちに、互いが見えて、触れ合えるように」

ただ祈る……。きっと、それで良いのだ。

庭に目をやると、暗がりの中に、石灯籠の明かりに照らされて、市松と岩松の姿が浮かび上がっていた。

　岩松の前に、子供の市松が立っていた。それが、岩松の記憶に残る兄の姿なのだろう。

「兄さん」

　岩松はそう呼びかけると、腰を屈《かが》めて小さな市松の身体を抱きしめた。

「わては、兄さんにすまんことをした。どうか、堪忍しておくれやす」

「わての方こそ、堪忍してや」

　市松が答えた。

「岩松と、遊んでやれんかった。独楽も一緒に回してやれんかった。兄らしいことは、なんもしてやれんまんまで、ほんまに堪忍な」

「兄さんは悪うない。悪いのは……」

　岩松はなおも言葉を続けようとした。だが、市松はかぶりを振ってこう言った。

「もうええんや。お前は立派に育った。わては、それでええ」

　市松は満足そうに微笑んだ。その身体がしだいにぼやけて行き、やがてすうっと消えてしまった。

「兄さん、まだや。まだ、行ったらあかん」

　戸惑うような岩松の声が、庭先に響く。

「もうやめておくれやす」

岩松の様子を見かねて、お紗代は声をかけた。

「市松さんの心残りは消えたんや。これで安心してあの世に行ける。静かに見送ってあげよ」

その時だった。

千勢が突然、悲鳴を上げた。

「お姉ちゃん、あれ……」

震えながら伸ばした指の先に、何やら白い影が揺れている。それも、一つではない。無数の影は、庭の隅から次々に現れ、お紗代のいる方へと近づいて来る。

千勢が、お紗代の背後に身を隠すようにして座り込んだ。

この庭で幾人もの鬼を目にして来た筈の千勢が、恐怖に慄《おのの》いている。おそらく、これほどの死者の魂を目《ま》の当たりにしたのは、初めてだったに違いない。

「岩松さん、逃げてっ」

千勢を庇《かば》いながら、お紗代は叫んだ。

「この庭から、早《はよ》う出て行って……」

「どないしたんどす？　いったい、何が起こってるんどす」

見えない岩松は、ただ茫然と立ち尽くすばかりだ。

(なんでこないなことに)

その時、霧のように庭を浸《ひた》していた影が、岩松の身体をすうっと通り過ぎた。瞬間、岩松が凍《こお》りついたように見えた。岩松はひっと息を呑んだかと思うと、その場に倒れ込んでしまった。

「岩松さんっ」

駆け寄ろうとするお紗代を、千勢が止めた。振り向くと、今にも泣きそうな顔の千勢が必死にかぶりを振っている。

「千勢ちゃんは、ここにおって。お姉ちゃんは、大丈夫やさかい……」

そう言って庭に飛び降りると、お紗代は裸足のまま岩松の側に駆け寄った。

岩松は白目を剝いて倒れている。その身体が瘧《おこり》のように震えている。

「岩松さん、しっかりして……」

抱き起して呼びかけるが、岩松の意識は一向《いっこう》に戻らない。それどころか、口から泡まで噴き始めている。

お紗代は顔を上げた。白い影はしだいに人の形を取り始め、お紗代の周りを取り囲み始めた。

彼等は懇願するような眼差しで、お紗代を見つめている。

(市松さんやお希久さんと一緒なんや)

そう思った。この世の心残りを、お紗代に訴えようとしているのだ。

しかし、お紗代にはどうして良いか分からない。

「うちには、できひんのや。どうか、諦めて……」

必死で声を上げた。その時だ。

「一度に門を開けるさかい、こないなことになるんや」

老婆の声が耳元で聞こえた。

「お江様っ」

お紗代は叫んだ。

すると、お江がお紗代の前に姿を現した。

「門を開ける時は、少しずつ、少しずつや。でないと、大勢が一遍《いっぺん》に入り込んで来る」

そう言ったかと思うと、お江は周囲の鬼に向かって、ふうっと大きく息を吐いた。

息というより、霊気《れいき》だったのだろう。白い影はたちまち形を失い、霧となって庭の闇の中に吸い込まれるようにして消えてしまった。

「まだまだ、修行が足りまへんなあ」

お江はお紗代を振り返ると、にっこり笑った。それから、縁先で、気を失ったように倒れている千勢を見た。

「お前たち二人の力は見せて貰《もろ》うた。お紗代さん、千勢を頼みますえ」

ふいに風が巻いて、お紗代は思わず目を閉じた。再び、目を開けた時、すでにお江の姿はなく、先ほどの騒ぎが嘘のように、庭は普段の静けさを取り戻していた。

その時、岩松が動いた。

「岩松さん、しっかりして」

お紗代が呼びかけると、はっとしたように身体を起こす。

「いったい、何があったんどす？」

「気がついたらええんや。それより……」

お紗代は急いで千勢の側に駆け寄った。

「千勢ちゃん」

すると、千勢は目を開き、お紗代にしがみ付いて来た。

「もう、大丈夫や。怖いもんはおらんようになった。お江様が助けてくれたんや」

千勢はお紗代の胸に顔を埋めると、うわっと泣き出していた。

小さな肩を抱いていると、頭の中にお江の残した言葉が蘇って来た。

――お紗代さん、千勢を頼みますえ――

この娘を守ってやろう、そう、お紗代は思った。

十一月の半ば、大安《たいあん》の日を選んで、清造とお蔦の祝言が行われた。

広々とした孤月荘の大広間で、羽織袴《はおりはかま》の清造と白無垢《しろむく》の花嫁衣裳《いしょう》に身を包んだお蔦が、正面に並んで座っている。遠目でも、清造が緊張しているのが分かった。

朗々《ろうろう》と声を響かせて、「高砂《たかさご》」を謡《うた》っているのは、源治の父親、空木屋の棟梁だ。

お紗代はそっと席を離れ、廊下に出た。いつしか、雪が降り出している。初雪だった。

広い孤月荘の庭を、雪は白く飾っている。

この雪はしばらくの間は降り続くだろう。そうしてこの庭のすべてを純白に染め上げる。まるで、今日のお蔦の衣裳のように……。

お紗代の後を追って、源治が姿を現した。

「寒うなるな」

「婚礼が終わったら、木瀬屋に行くんやろ」

お紗代と肩を並べると、庭に視線を向けたまま源治が言った。その声音がどことなく沈んでいる。

源治は、お紗代が子供の頃からずっと側にいてくれた。だから、お紗代は一度も寂しいと思ったことはなかった。だが、千勢は一人だ。せめて五年の間、側にいてやりたかった。

「源治さん、五年待ってくれる？」

お紗代は源治の顔を見上げた。

「五年後でも、うちをお嫁さんにしてくれる？」

「わてで、ええのんか？」

戸惑うように、源治は問いかけて来る。

岩松との縁談は、すでに断っている。源治が躊躇うのには、別の理由があるようだ。

「他に好きな男がいてるんやないか？」

見えないものが見える。

聞こえない声が聞こえる……。

それと同じで、源治にもお紗代の心が見えていたのかも知れない。

「ええんや」と、お紗代は答えた。

「その人が返してくれた心を、うちは源治さんに上げたいて思うてる。もし、待ってくれるんやったら、やけど……」

次の瞬間、お紗代は源治に抱きしめられていた。

「お紗代ちゃんやったら、五年でも、十年でも、百年でも待つわ」

「それやと、うちはお婆さんになってしまう」

お紗代は笑った。源治も笑う。

雪の降り積もった孤月荘の庭は、まさに言祝《ことほぎ》の庭だった。

〈初出〉
「韓藍の庭」（『もののけ』所収　ＰＨＰ文芸文庫）
それ以外は書き下ろし

著者紹介
三好昌子（みよし　あきこ）
1958年、岡山県生まれ。嵯峨美術短期大学洋画専攻科卒業。『京の縁結び 縁見屋の娘』で第15回『このミステリーがすごい！』大賞優秀賞を受賞。著書に『うつろがみ 平安幻妖秘抄』『むじな屋語蔵 世迷い蝶次』『狂花一輪 京に消えた絵師』『幽玄の絵師 百鬼遊行絵巻』『群青の闇 薄明の絵師』『京の絵草紙屋満天堂 空蟬の夢』などがある。

ＰＨＰ文芸文庫　鬼呼《およびおに》の庭
お紗代夢幻草紙

2020年11月19日　第１版第１刷

著　者	三　好　昌　子
発行者	後　藤　淳　一
発行所	株式会社ＰＨＰ研究所
東京本部	〒135-8137 江東区豊洲5-6-52
	第三制作部 ☎03-3520-9620（編集）
	普及部 ☎03-3520-9630（販売）
京都本部	〒601-8411 京都市南区西九条北ノ内町11
PHP INTERFACE	https://www.php.co.jp/
組　版	朝日メディアインターナショナル株式会社
印刷所	図書印刷株式会社
製本所	東京美術紙工協業組合

ISBN978-4-569-90087-2

PHP文芸文庫

もののけ

〈怪異〉時代小説傑作選

宮部みゆき、朝井まかて、小松エメル、三好昌子、森山茂里、加門七海 著／細谷正充 編

人気女性時代作家の小説がめじろ押し！　恐ろしくもときに涙を誘う、江戸の怪異を描いた傑作短編を収録した珠玉のアンソロジー。

PHP文芸文庫

ねこだまり

〈猫〉時代小説傑作選

宮部みゆき、諸田玲子、田牧大和、折口真喜子、森川楓子、西條奈加 著／細谷正充 編

今読むべき女性時代作家の珠玉の名短編！愛らしくも、ときに怪しげな存在でもある猫の、魅力あふれる作品を収録したアンソロジー。

PHP文芸文庫

まんぷく

〈料理〉時代小説傑作選

宮部みゆき、畠中 恵、坂井希久子、青木祐子、中島久枝、梶よう子 著／細谷正充 編

いま大人気の女性時代作家がそろい踏み！ 江戸の料理や菓子をテーマに、人情に溢れ、味わい深い名作短編を収録したアンソロジー。

PHP文芸文庫

なさけ

〈人情〉時代小説傑作選

宮部みゆき、西條奈加、坂井希久子、志川節子、田牧大和、村木 嵐 著／細谷正充 編

いま大人気の女性時代作家による、アンソロジー。親子や夫婦の絆や、市井に生きる人々の悲喜こもごもを描いた時代小説短編集。

PHP文芸文庫

なぞとき

〈捕物〉時代小説傑作選

宮部みゆき、和田はつ子、梶よう子、浮穴みみ、澤田瞳子、中島 要 著／細谷正充 編

いま大人気の女性時代作家による、アンソロジー。親子の切ない秘密や江戸の料理にまつわる謎を解く、時代小説ミステリ短編集。

PHP文芸文庫

あやかし

〈妖怪〉時代小説傑作選

宮部みゆき、畠中 恵、木内 昇、霜島ケイ、
小松エメル、折口真喜子 著／細谷正充 編

いま大人気の女性時代小説家による、アンソロジー。妖怪、物の怪、幽霊などが登場する、妖しい魅力に満ちた傑作短編集。

PHP文芸文庫

睦月童《むつきわらし》

西條奈加　著

「人の罪を映す」目を持った少女と、失敗続きの商家の跡取り息子が、江戸で起こる事件を解決していくが……。感動の時代ファンタジー。

PHP文芸文庫

新選組のレシピ

市宮早記 著

現代の女性料理人が幕末にタイムスリップ！　そこで出会った壬生浪士たちに料理番として雇われることに……。彼女の運命はどうなる!?

PHP文芸文庫

京都西陣なごみ植物店(1)〜(4)

仲町六絵 著

「植物の探偵」を名乗る店員と植物園の職員が、あなたの周りの草花にまつわる悩みを解決します！　京都を舞台にした連作ミステリーシリーズ。

PHP文芸文庫

うちの神様知りませんか？

市宮早記　著

なぜか神様が失踪してしまった神社を舞台に、その神様の行方を追いながら、妖狐×女子大生×狛犬が織りなす、感動の青春物語。